精疲力竭的一天

지독한 하루

雖然想死，但卻成為醫生的我 2

南宮仁 남궁인 著
梁如幸 譯

CONTENTS

目次

序文——劃出死亡瞬間的界線

醫學歸屬於科學的範疇，所謂科學，就是描述特定的自然現象，並以客觀數值證明。因此，醫學院學生必讀的眾多教科書，大體上皆以下列方式進行陳述：「血壓的正常值收縮壓為一百二十到一百四十毫米汞柱（mmHg），舒張壓則為八十到九十毫米汞柱；比這數值低是低血壓，較高則為高血壓。」醫學以明確的方式將人體數值化，人類的血壓在一定的範圍之中，客觀地認定這些數值如何區分為正常與異常。

醫學院時期的學生必須背誦許多類似的理論內容，但當時的我總對其中一件事感到相當好奇。醫學終究是操縱人生死的一門學問，那麼在醫學上該怎麼用客觀的方式來陳述「死亡」或是「死亡的剎那」呢？人究竟在哪一個瞬間會被定義為「死亡」呢？我心中的疑問無法輕易地解開，那時的我仍不過是有很多東西要學習的學生，然而身為一個人，我所感受到對死亡根源性的好奇心絲毫沒有消失。當教科書裡提及「死亡」時，為了避免定義死亡，或是對死亡定義太過籠統的說明，通常以「死亡的可能性很高」或「也許會致死」的語言來表現，結果沒有任何一段文字可以痛快地消除我心中的疑問。我只能猜測成為醫生之後，才可能領悟到死亡的沉默真理吧。

曾經對死亡茫然的我成了在醫院工作的醫生，只要是有醫生執照的人，都可以做出具有法律效力的死亡宣告。不過，沒有經驗的人很難適切做出判斷，因此即使正式成為醫生，第一次遭遇病患的死亡仍須以旁觀者的身分，觀察其他有經驗的醫生進行宣告。第一次親眼目睹死亡的那一天，那時我才終於真正領悟「死亡瞬間」，也理解了為何教科書裡幾乎沒有提及「死亡瞬間」的理由。

那是一位接受腦部手術的重症患者，當他的心臟停止跳動之際，我馬上飛奔過去為他做心肺復甦術。我不停地反覆用力按壓他的胸口，沒有任何戲劇性的事情發生，時間只靜靜地流逝。負責指揮的住院醫生專注地看著監控螢幕，喃喃自語地說：「兩次腦溢血手術，壓到了腦幹，一個月期間都沒有自主呼吸，心臟停止後二十六分鐘內都毫無反應。唉，現在看來已經不行了。」他皺著眉頭，突然抬起手看向手錶說：「死亡時間一點十八分。」

就這樣，死亡的最初無法以任何明確界線劃分。一個人失去了意識與呼吸，心臟停止跳動，所有機能都停止了，在自然狀態下將這個人就這樣放置不管，不加以急救處置，也不會發生任何奇蹟，一定會死去。若沒有任何醫學上的幫助，心臟停止跳動與死亡其實是同義詞。如此，當失去生氣的心電圖顯示出水平直線的那一瞬間，就可說是人死亡的剎那；但在醫學上，並不會定義那一刻為死亡瞬間，因為透過醫學的努力與幫助，還是有可能把那個人救回來。

所謂的心肺復甦術，就是在體外對人的心臟反覆按壓的一種行為。即使心臟自主停止，若經由人為施予壓力反覆按壓，在某種程度上仍可以代替心臟功能。在勉強人體血液循環的狀況之下，如果可以找出心臟停止跳動的原因，並且予以矯正的話，就能讓患者的心臟重新自主跳動，這時我們會說這個人「活過來了」。

判斷一個人死亡與否，是綜合考慮患者心跳停止的狀態，斟酌目前所能採取的醫學處置與努力之後，確定這位接受心肺復甦術的患者絕對不可能有機會救回來的時候，所下的決定。救回來的可能性必須為零才行，若能毫不留戀地確信這一點，醫生即會停止所有的努力、宣告死亡。大致來說，心臟在停止跳動三十分鐘以上仍無法恢復自主心跳，同時處於無法恢復的無意識狀態，醫生就會出現放棄的念頭。有時明明就站在死亡的界線上，但過了一個小時的努力後，也可能再度回到他曾踩踏過的「生之地」；反之，當醫學上的努力完全停止的那一瞬間，希望回到了「無」，而患者必死無疑。所以在那一剎那，需要確信救回來的可能性為零才行，醫生經過如此苦思後，最終才能做出不治的宣告。

這判斷與宣告的職責交由最清楚這名患者的醫生全權決定，而死亡的那一瞬間也只限定由他一個人來判斷。甚至連正式的說法也沒有一定，「已經過世了」、「已經走了」、「死亡時間兩點二十三分」、「病人〇〇〇現在已經過世了」、「雖然我們醫療團隊已經盡最大努力了，可是患者還是過世了。」這些全都是同樣的意思，只要聽這些話就能理解，亡者現在已經永永遠遠離開自己身邊，不管說什麼都無濟於事。

一開始，決定要放棄急救這件事本身是相當困難辛苦的，因為這就像是在那一瞬間，我將這個人的全部希望統統都剝奪一般。即使腦海中已經將整個情況整理過，確認在機率上不會發生的事情，也難以將這個想法從腦海裡抹去。這個人的死亡之中，難道沒有我的一丁點過失添加其中嗎？如果真是這樣，不管怎樣的努力都要再試試看不是嗎？難道奇蹟不會降臨在這人身上嗎？把這些可能成為變數的所有可能都想過了一遍，然後直到徹底絕望。判斷一個人死了，這件事本身就帶給人心理上極大的壓力。

戰勝這個想法與下定決心，醫生了解了不管自己開口做出死亡宣告前與後，亡者的狀態完全不會有所改變。而這一切只是需要有個人出面劃出這條界線，世界秩序才能正常運轉。這個人可能已經死了好一陣子了，但是必須得到醫生開口將放棄的話語吐出嘴的那一刻，這個人才能正式地成為死者。或許這條未知的界線，每次將人們劃分在生者與亡者的這條界線，最終是醫生必須要做的職責。

我至今仍然無法忘記自己第一次做出死亡宣告的那一瞬間。一位癌症患者在家中突然昏倒了，等到急救隊員趕到時心跳已停止了，當他被送到我面前時就是這樣的狀態。如家屬所言，他全身上下滿布著抗癌的各種痕跡，對一連串的醫療處置半點反應也沒有。我看著那一動也未動的僵直四肢，與這一片混亂中不停被按壓的胸口，第一次直覺該是宣判死亡宣告的時刻，但與此同時卻盈滿強烈的恐懼。

雖然身體忙碌又焦躁不停地動作，但第一次要下這樣的判斷，我仍在腦海中慎重再慎重地思考。心臟停止跳動，失去所有反應的狀態已過五十五分鐘了，不管期待奇蹟或是偶然，這個人要想重新返回這世界已經相當困難。即便如此，最後一刻我仍然猶豫不決。過了已經比一般心肺復甦術施行還要更長的時間、這一切我確定真的無法挽救的程度，但其實這個人好久之前就已死去了。

不過，清楚目睹所有過程的家屬們，絕對不會這樣想的。不久前仍一起聊天、深愛的人昏倒了，急救隊員疾速飛奔而來，毫不猶豫地施予心肺復甦術。馬上就送到醫院了，接手過後的醫護人員顯得苦惱，仍然繼續不停地按壓胸部，並且持續灌氣。對在一旁看著全部過程的人來說，內心抱持著期待是理所當然的。過了一會兒，我艱困地開了口，第一次宣告死亡。「兩點二十三分，我們醫療團隊盡了最大努力，但他仍然過世了。」在我說完話之前，他還是一個活人；但在我張嘴宣告他的死亡的那一瞬間，他成了死人。從家裡急急忙忙趕來的家屬們，由於那一瞬間降臨的死亡，全都感到極度悲傷，一下子嗚咽地痛哭失聲。

現在變成一具屍首的那個人，以及圍繞在他四周突然響起的哽咽哭聲，悲傷的冷空氣襲捲而來。在一群極度悲痛的人們之中，只有我要獨自裝作沒有任何情緒，很難撐過去。當死亡宣告從我口裡吐出，一吸氣，彷彿悲痛沉重的空氣充滿整個肺部。不知道怎麼回事，圍繞他的過去與現在，每一瞬間交織在腦海中，使我眼眶發熱、再也沒辦法說任何話了。從那時開始，無計可施的我只能努力讓自己變得遲鈍，我也只不過是沒辦法忍受當下悲傷的一名凡人。那天我不自然地往休息室跑去，好一段時間沒辦法走出房門。

隨著時間流逝，我已經成為一個可以冷靜計算機率、對悲傷也有一套忍耐方法的平凡醫生。然而我仍本能地對宣告死亡的那瞬間感到恐懼，雖然是科學的瞬間，卻也是唯一無法交到科學手中負責的一刻：一個人由其他人在模糊不清的時間區塊裡，劃下的一條界線之下，成為了亡者。那毫無疑問必定使人沉浸於悲傷的一瞬間，往後的我仍會一直為這瞬間的命名繼續苦思煩惱著。

제 1 장

精疲力竭的一天

我有預感，今天會是相當辛苦的一天。就和平時一樣睜眼熬了一整夜，我好不容易從床上爬起來，全身疲倦無力地搭地鐵去上班，有種「今天似乎會比平常更辛苦、會有更多不幸降臨的一天」的預感。每逢這樣的日子，身體會更加沉重，就連肌膚都感受到不祥氛圍而變得更加敏感。話語不是在嘴邊打轉，而是盤旋在腦海，感覺自己根本無法承受即將襲捲而來的不幸，如此這般的想法籠罩著我。

這天早上，剛開始就來了一位肝癌末期的病患，一位即使來到醫院也完全束手無策的病患。面對那時的情況，醫生也只能機械式地處理：肚子不舒服就抽腹水，意識模糊就灌腸，哪裡痛就給止痛藥。醫院這方已經沒有任何辦法可以治療，更不用說我們急診室了，於是身為急診醫學科醫生的我，看著肝癌末期的患者，也只想到一些臨時的處置。

看過病例表後，也確認他擁有典型癌症末期患者的病徵：臉就像塗上染料一樣蠟黃無血色，乾癟又無力的表情，滿是腹水的肚子和肚臍都凸了出來，肚子脹得像裝滿水的儲水袋一樣。他就像是從教科書裡走出來的典型肝癌末期病患。

他看起來已經與疾病抗爭了好長一段日子，彷彿就等著死亡降臨的那一天到來。他說他的上腹部非常疼痛，「突然，肚子非常痛。」他抱著肚子喊出一陣一陣的刺痛，想當然我認為是癌症的痛症，給了止痛藥劑，並且呼叫平時為他看診的消化內科，做出要住院還是出院的決定就可以了。

「好的，肚子痛的話給你開一些止痛藥處方。」

我將基本處置輸到電腦裡，追加了止痛劑的劑量，決定呼叫內科。他很明顯再過一陣子就會死去，過程中雖然會經歷劇痛，但很抱歉的是我手頭上還有很多其他患者，所以很快就把注意力轉到其他病患身上了。

一轉身，一位失去意識的老爺爺被送到急診室。氣喘吁吁的老爺爺，身上泛黃的汗衫背心被冷汗全都浸濕。「什麼時候失去意識的？」我問，一起來到急診室的家屬回答：「從昨晚開始呼吸就很喘，今天早上變得更嚴重，連意識都變得模糊不清，所以就趕快送他來醫院了。」我趕緊把手貼在他的額頭上，感覺到來自深處的熱氣。我將掛在脖子上的聽診器戴上，仔細聽著每一寸肺部的聲音：右邊的呼吸聲特別乾澀、粗糙，好像基本機能都消失了。替他戴上氧氣罩之後，馬上就收到可怕的動脈血液分析結果，雖然只不過是數字罷了，但由熟悉這些分析的人來看，完全可以想像那痛苦萬分的過程。嚴重累積的低氧症而引發的症狀，會讓人即使用力呼吸，脖子和全身也會覺得好像被什麼東西用力勒緊似的，接著腦部的氧氣不足將造成意識模糊的非人遭遇，是相當痛苦的過程。我將視線從書面報告上移開，向患者看去，他整個胸腹的肌肉都在不停地顫抖，相當痛苦與折磨。

現場拍下的X光片顯示他的肺部右半邊已幾近消失，看來是昨晚症狀出現後卻延遲送醫、快速惡化成急性呼吸衰竭引發的嚴重肺炎。對老人家而言，如果得了這程度的肺炎，死亡率相當高，若再晚一個小時到醫院，可能就在家裡與世長辭了。雖然現在痛苦掙扎，但至少還躺在醫院的病床上，這是多麼幸運的一件事啊。

由於他仍未恢復意識，我決定緊急為他插管。無法靠患者本人的力量做到充分的氧氣交換，因此必須利用機器的壓力將高濃度的氧氣灌入，這是治療肺炎的方法。失去意識的情況之下，並不需要特別另外使用麻醉劑來舒緩、鎮定意識。為了掌握造成急性肺炎的病菌來源，我做了微生物培養檢測，並注射高濃度抗生劑進入他的血管中。現在他已經安全地躺在醫院裡接受醫療處置，他的生死就端看肺炎病菌的多寡、種類、或是他有多大的求生意識來決定了，於是我把家屬叫來簡單說明情況：

「是惡性肺炎，差點就沒命了呢。可是錯過了關鍵的黃金時刻，究竟令尊能不能從鬼門關前救回一命，也只有他自己才知道了，我們只能在一旁靜觀其變。」

我必須趕快和家屬說明病況，因為還有超過十名病患正等著我過去呢。

我又趕緊走進診療室，幫一位年輕女性將卡在喉嚨裡的魚刺拔了出來。就在這時，實習醫生拿著一張心電圖走了進來，從圖上可看出那位患者的心臟正一點一滴腐爛敗壞，而我本能地感知到一個巨大危機正降臨，腦海好似閃過一道閃電，頓時有著不祥的預感。

「這個是什麼？是哪位患者的？」

「是不久前那位肝癌患者的心電圖，照的時候他也喊著很疼。」

我丟下手上拔魚刺的鑷子馬上跑了過去，肝癌患者原本蠟黃的臉色現在一片蒼白，意識也變得模糊不清，我一邊搖晃著他的肩膀一邊吼著：

「患者，您還好嗎？覺得很痛嗎？」

他沒有任何回答。我看著他的心電圖，其實這已經是沒有意義的問答了，心肌梗塞發作的話，有時候心窩也會非常疼痛，就算肝癌末期也可能會有心臟的問題，不能說急性心肌梗塞和肝癌末期的症狀不會一起出現。我飛奔至護理站趕緊打電話給心臟內科的主治醫生。

「現在有一位急性心肌梗塞的患者，得立刻進行冠狀動脈攝影檢查才行。」

電話的另一頭主治醫生短暫地確認了一下電腦畫面之後，然後回答：

「不是規定如果急性心肌梗塞患者出現，必須在五分鐘之內打電話過來嗎？這名患者已經到院一小時了吧。」

「非常抱歉，因為他是肝癌末期，誤以為是癌症的痛症。」

「話不是這樣說，如果心窩疼痛的話，很明顯就是心肌梗塞的重要症狀，正常程序難道不是先確認心電圖才對嗎？」

「……真的非常抱歉。」

作為只負責心臟的主治醫生，他說的話並沒有錯，但對於幾百名患者不斷湧入、各種症狀層出不窮的急診室來說，這種事就像偶爾會發生的必然事件一樣。如果我夠機靈的話……明明有時間可以檢查他的心電圖，但我卻以為那是癌症末期所引發的痛症而省略了，雖然這種事的發生機率非常低，但我的工作就是出現即便機率再低的狀況，都要即時揪出問題才行，對此我感到無比內疚，因自責而感到頭暈目眩。心臟內科主治醫生與負責教授火速地奔來，負責教授一拿到心電圖後，嘴裡嘖嘖作響，我感受到他向我投以責備的眼神。

患者立刻被送往冠狀動脈攝影室去。

「突然之間，非常非常地痛。」

這是他最後留下的話語。身體狀態極糟的他，究竟能不能撐過急性心肌梗塞呢？然而，不久後因肝癌而過世，和因心肌梗塞而過世，雖然死因不同，又有什麼差異呢？但對醫生而言，這兩者是不同的，有著毋庸置疑、顯而易見的差別。我有義務以醫學揭曉一切，將燃燒的生命從死亡之中拯救回來。如果那位患者再多感受一秒來自心臟傳來的、尖銳又撕心裂肺般的痛苦，又或是放任不管提高死亡率，這一切明顯都是我的責任。如果他因肝癌而離世，我不會遭受到任何批評或是究責；但如果他是因心肌梗塞而死，我難辭其咎，這真的是我死也想要避免、最令我感到痛苦的事啊。一瞬間，我覺得所有的病患都戴著面具，只是為了要找我麻煩，令我痛苦。然而承受這樣的痛苦，是我這輩子必須要面對的事。

病患已經轉到其他科，沒有任何我能挽回的事了。我再度打起精神，繼續確認一個又一個的病患。當我將病患狀況大致整理到某個程度時，擔架又推了進來，是一名被發現時已意識不清的九十歲老奶奶，她的高齡使得要救人的醫生感到警戒又害怕。雖然如此，我仍趕緊挺身站出為她做診療，老奶奶看起來就如同她的年紀一樣年老體衰，全身瘦得剩皮包骨，問她問題也只得到語無倫次的回答，手腳都嚴重顫抖個不停，甚至連陪同者是兒子還是孫子都無法辨識。

「本來就這樣嗎？什麼時候變成這樣的？」

「原本總是躺在床上，意識也是時好時壞。精神好的時候可以清楚認人，也能回答我們的問題，但是狀況突然變得很不好。」

沒有其他辦法了，只好先將醫學上所有造成意識模糊的理由全都檢查過一遍才行。

「她的狀況應該不是因為服用藥物或喝酒造成的，對吧？」

「不可能有這樣的事情。」

「好的，那麼我們要先進行可能造成意識模糊的所有情況相關檢驗，先從腦出血或腦梗塞的腦部問題開始檢查，不過也可能是其他方面的問題，所以也會做內科的檢查，同時進行電腦斷層掃描（Computed Tomography，簡稱CT）、核磁共振影像（Magnetic Resonance Imaging，簡稱MRI）等檢查。」

「好的，那就拜託醫生了。」

沒有發燒，血壓和脈搏平穩，血糖和血氧飽和度都正常，患者也沒有服用其他藥物。我一面巡視剩下其他患者的病況，一面等著檢驗報告的結果。CT和MRI的結果報告很快就出來了：由於年紀大的關係而大腦萎縮，並未出現我們原本擔心的狀況。原先我擔心該不會是腦炎或是腦膜炎，所以緊緊抱住顫抖不已的老奶奶並固定她的手腳，在脊椎之間插針做穿刺以取得腦脊髓液，但不久後檢驗結果也確認了是正常的。

現在已經沒有更多的醫學方法可以確認了，所有的檢驗結果都正常，但老奶奶的手腳仍嚴重地顫動，也依然胡言亂語，臉上的表情無比痛苦猙獰，完全無法讓人聯想到她正常時的臉龐。現狀如此，你能說它正常嗎？我該和家屬說明這狀態是正常的嗎？但與其一開始就清楚確實地說明，倒不如什麼都不說才是正確的判斷。來到急診室的老人家們，意識不清的情況比起意識清晰的還要來得多上許多，現在仍年輕又健康的我，當然無法理解九十歲高齡老奶奶的意識，在沒什麼特別理由的情況下，為什麼會在正常與不正常之間來回徘徊，我又怎麼能知道這些呢？

我將家屬叫了過來，告訴他們沒發現老奶奶有什麼致命疾病，讓家屬了解沒有立即的危險狀況，檢查的結果一切都很正常。老奶奶本來就年事已高，難免會有老年譫妄或癡呆，造成意識一陣清楚一陣模糊，但這並不會對生命造成威脅，要家屬放心，持續觀察就可以了。說完話之後，我轉身離去，患者沒有立即的生命危險，也不會立即死去，這件事我不再有任何責任，所以對於之後老奶奶會怎麼樣，也可以不用太費心在意了。

現在，意識不清的老奶奶躺在急診室的一個角落，安靜地繼續顫動著。早上犯錯的誤診事件，直至夜裡仍不自覺地浮現在我的腦海中，幸好肝癌患者在加護病房裡看來狀況逐漸恢復，但即使如此，還是免不了被究責。

不久之後，又有一位老奶奶被送來急診室，一到急診室就說她全身一點力氣也沒有，說話的聲音微弱飄渺，好不容易才聽得懂她在說些什麼。為了聽清楚老奶奶講話，我轉頭將耳朵貼近她的嘴邊，在轉頭那一刻反射性看了圖表一眼的瞬間，心臟像是艱困勉強地跳動那般無力，那不堪一擊的努力立即消失得無影無蹤，令人感到窒息。我趕緊確認她的病歷，原來老奶奶從以前開始就罹患各種心臟疾病。

我趕緊替她注射治療徐脈（心臟脈搏跳動次數少於正常次數的情況）最高限度能使用的阿托品（atropine），一邊與老奶奶的兒子說話。

「原本心臟就不太好，對嗎？」

「是的，大概從十年前開始，就聽說沒什麼辦法可以醫治了。」

「那您應該有聽過她隨時都有可能會走的話吧？」

「是的，每次到醫院都會聽到。」

「好的，看來您相當清楚啊。」

在注射藥物之後，徐脈的現象稍微好轉，但她的病歷上已經註明不管任何治療或手術，都無法使她的心臟恢復正常了。突然猝死的機率一天天增加，但她維持這樣的狀態也已經十年了，現在猝死的機率究竟有多高，我實在無法預測。就算她的心臟現在立刻停止，這也不是意外，而是經年累月沉積的疾病所造成的結果，於是我對家屬說：

「先維持目前的處置，然後我們再看看狀況吧。雖然您也很清楚，老奶奶心臟現在的狀態就和不定時炸彈一樣，什麼時候會停止一點也不奇怪。」

說完話之後，我就轉身到加護病房去看看晚上蜂擁而至的病患。不定時炸彈是在恐怖攻擊或戰爭時所使用的詞彙，並不是用於人類身上的話語，究竟十年來聽到無數次自己身體裡安裝了一個不定時炸彈的宣告，心情到底會是如何呢？但這是非常確切的形容，也是醫院裡時常使用的語彙，沒有別的詞彙比這更適切替換這個狀況了，如此的表現方式並非是我的錯啊。

夜晚時刻，急診室的病床上躺滿了腸炎患者、胃炎患者、腦中風患者們，徐脈的老奶奶好一段時間都無聲無息，而我在患者之間不停地奔波，片刻都無法休息。在這忙碌時分，又有一位罹患嚴重心臟病的老奶奶被送到急診室了。不過她並非失去意識、沒有氣力，也不是心臟疼痛，而是因為晚上視力不佳、身體又遲鈍的緣故，被一輛廂型車正面撞倒在地而發生了交通事故，那沉重的後輪壓碎了老奶奶的骨盆與腹部後才停了下來。

老奶奶對刺激有反應，也還能回答問題，但她虛弱得連對疼痛的反應都無法徹底表現出來。雖然好不容易才勉強維持住生命跡象，但由於心臟病舊疾與嚴重外傷的影響，微弱的生命不知道何時會消失不見。我仔細觀察她衣服已全被醫護人員剪開所顯露的外傷，緊急煞車那只在道路上殘留的輪胎痕跡，此刻在她身上，從左邊骨盆開始一直到肚臍左右才見停止。如果遭遇如此意外，身體上一定會留下明顯的痕跡，為了要清楚掌握這些痕跡經過的部位，我用手直接按壓檢查，想當然爾老奶奶的骨盆已經碎裂，不知道裡面的內臟是不是也被碾壓破裂而跑了出來，整個腹部看起來相當腫脹。

我需要盡最大的努力，積極替她進行醫療處置才行。不知道她什麼時候會失去意識，接下來可能連呼吸、心跳也會跟著停止。我立即確認了老奶奶的氣管，插入兩根中央靜脈導管，緊急驗血並準備輸血，在心臟所能負荷的最大限度上為她安裝好輸液，又立刻將她送往ＣＴ室。ＣＴ顯示她左邊骨盆已經碎裂，大腸、小腸還有腎臟也部分破裂，與我原先猜測的結果並無太大差異。雖然只是連續的幾張黑白照片，但我眼裡清清楚楚看見，有顆輪胎硬生生地從一個人的身體上壓了過去的全部過程。

外科、整型外科、泌尿科的同事都判斷不需要動緊急手術，不用直接動手術的我也抱持著類似的意見。如果是為了讓高齡心臟病患者的出血停止而切開腹部，可能會造成出血量增加，循環衰竭惡化而導致患者猝死。在等待加護病房的空位空出來之前，老奶奶只能躺在一開始進到急診室的位置，繼續苦撐她的生命。如果在這期間失去意識，那就會是她即將死去的信號。我因為這理由而猶豫不決，最後決定不使用鎮定劑，所以意識尚存的老奶奶得忍受自己的喉嚨上插著粗大的管子。為了能夠活下去，她只能強忍被輪胎輾過那沉重又椎心刺骨的劇痛。不舒服的感受、劇烈的疼痛與死亡的預感，使得老奶奶的臉幾乎難以辨別形體地皺成一團。醫療人員必須持續地給予刺激，並確認觀察她的反應才行。確認按壓胸部後眼睛能睜開的行為，最主要的目的也只是為了讓我們相信這個人還活著罷了，除此之外似乎沒有其他意義。這樣的行為究竟是為了讓誰得到安慰呢？我們能說每次將她喚醒的那雙手安慰了老奶奶嗎？

急診室裡擠滿了夜裡湧入的患者，以及還需要觀察的重症病患，彷彿就像戰場一般。在這個忙碌的空檔中，有一位老爺爺被送到了急診室，主要症狀是呼吸衰竭，但患者的皮膚狀況特別引起了我的注意，彷彿全身被火嚴重燒傷般全都脫皮，但皮膚卻沒有泛紅，摸起來像是硬硬的死皮，就像黝黑無生氣的枯木。他的皮膚狀況似乎已經這樣好長一段時間了，死皮沒有一次全都脫落，而是在皮膚上一塊塊翹起來，那些殘骸使他全身和床上都掉落了滿滿的碎屑。簡而言之，就像一個人的皮膚上不斷長出柴魚片，不管再怎麼想，都沒有比這個表現更正確的說法了。

「皮膚為什麼會這樣呢？」

「我的父親是越戰時的參戰勇士，聽說是因為落葉劑的副作用，一輩子都會這樣。」

雖然有些不自然，但看來他來到急診室的理由和皮膚一點關係都沒有，於是我又問：

「是因為什麼樣的原因而來到急診室呢？」

「從昨天開始他就一直拉肚子，也漸漸變得愈來愈沒有氣力，到了今天甚至呼吸還愈來愈微弱，所以就趕緊送來醫院了。」

將手輕輕放在老爺爺的額頭上，感覺到一陣冰涼的寒氣，水分像是完全蒸發般的舌頭顯得乾燥，全身上下的皮膚也因為乾燥，彷彿一碰就會馬上碎裂一般，胸口也由於急促的呼吸而不停地上下晃動。看著他全身白色的皮屑飛揚，失去生氣又全身脫水的模樣，我心想：「是腸胃道敗血症嗎？是重症患者啊。」

「可能是因為一直腹瀉，所以身體狀況變得不太好，治療跟檢查同時進行之後，我再向您說明。」

我急忙做出醫療處置，試圖維持他的生命跡象。老爺爺的體溫和血壓明顯下降，僅就這項就已經屬於敗血症的範疇了，死亡率相當高。我先幫他安裝好中央靜脈導管，為了確認身體的體液狀態，我查看了中心靜脈壓，數值十左右的話是正常，但他的數值卻趨近於零，於是以最快的速度幫他進行了輸液。老爺爺仍然意識模糊，呼吸急促地喘著氣，我也只能先維持著現行處置。當我正在診治其他患者的時候，老爺爺的血液檢查結果報告出來了，嚴重上升的肝指數引起我的注意，實際上他也幾乎沒有任何的排尿量。現在他的正式診斷病名更改為「腸胃道性敗血症引發多發性內臟衰竭」，我把家屬找來，對他說：

「一開始是因為腸炎所引發的腹瀉，但年紀大的老人家就會開始脫水，沒有恢復而狀況又一直持續的話，內臟就會一個個開始敗壞。他的身體狀況本來就不是很好，所以反應會更加劇烈。最敏感的就是腎臟了，現在令尊的腎臟功能幾乎已經所剩無幾了，如果這狀況再持續下去，百分之百會過世的，所以必須緊急幫他洗腎才行。如果洗腎他還是沒有任何一滴小便排出的話，那狀況就很不樂觀了，即使做了透析治療，能活下去的機率……嗯……可能不到百分之二十吧。」

「怎麼會這樣？不是只是拉肚子而已嗎？只不過拉了一天肚子而已，就只是一天而已，就說他會死掉？」

「是的，但這樣的情況在高齡患者之中，其實並沒有我們想像中的罕見。」

這在現實生活是可能會發生的事，而且現在也正在發生中，但家屬既沒辦法抗議，也束手無策。可能也無話可說了，他閉上嘴，但一臉完全無法理解、也無法接受的表情。我為了要準備透析治療而走出了診療室，就在那一刻，我思考了那所謂「可能會發生的事」，究竟是否可以成為一句讓人接受，或是能夠安慰人的話？畢竟在這個空間裡，這是我不得不使用的這一句話，我是否真能說出一句能撫慰家屬的話呢？經歷過戰爭、一輩子帶著皮膚病、熬過他人灼熱視線而過了一輩子的人，卻被宣告幾天後將因其他疾病而突然死去，如果我向他解釋這是理所當然的事，這樣的話是為了安慰誰呢？但不管再怎麼思考，這句話也不過是照實陳述罷了。在這之中並沒有其他的說明方式存在，所以我每次也只能吐出「可能會發生的事」的說詞。

我回到患者身邊，幫他裝了應急的透析管並呼叫腎臟內科，很快地，接近中型冰箱大小的透析儀器就冷冰冰地運轉了起來，而患者枯瘦又粉碎的身體，完全不理會機器喧鬧吵雜的聲音，沒有意識地筆直躺在那裡。直到現在，我才有些時間來整理其他患者的病歷。就在此時，有一位引起騷動的歐巴桑突然登場。從她的穿著打扮來看，就像是照著日常生活步調走，但突然被送來一樣，她翻著白眼，手腳扭曲並且往四方亂打。急救隊員說：「原本是很健康的人，待在家裡突然昏倒，就這樣發生了一片混亂。」血壓很高，左邊瞳孔呈現不正常反應，看來應該是腦溢血。

歐巴桑躺在重症患者區域，手腳被壓制下來。疼痛使她出現了劇烈的反應，靜靜不動的時候，就吐出一些髒話或令人無法理解的話語，或者握緊拳頭後，又做出用全身力量用力伸展的動作，不正常地一直反覆著。醫護人員很快就為她提供輸液，也將她緊急送往ＣＴ室，如同之前所預測，皺巴巴紋路腦袋的黑白照片上，腦溢血那又白又巨大的痕跡占據著腦袋的一部分，出血的血液正將腦與腦髓往反方向的頭骨用力地推擠過去。如果從人的身體外面按壓的話，一般而言是一點關係也沒有的，但如果按壓大腦，就會像這樣呈現出不正常的狀態。被擠壓的大腦不用過多久就會開始腐敗，各種神經方面的併發症也會出現，如果連呼吸都沒了，大多數情況都會走向死亡。我趕緊把那兩個看起來年紀還很小、根本沒辦法判斷發生什麼事的兒子叫了過來。

「是腦溢血，有看到這個地方嗎？現在腦部裡面正擠壓著腦，必須要立刻開腦部手術，把頭皮切開拿下頭蓋骨，減輕腦部壓力才行。在手術房裡，大概會在這裡取下這樣大小的頭蓋骨，然後直接把頭皮蓋回去，等到恢復後再將頭蓋骨放回原本的位置，之後必然會導致頭部不對稱。但問題是腦部只要受過一次這樣的壓力，就會失去機能，無法恢復的可能性很大。如果是這程度的腦出血量，就算隨時離世也不意外，如果不動手術的話，幾乎就一定無法存活，但就算動了手術也有很大的風險會失去生命。她會在加護病房待多久、要多久才會恢復全都是未知數，但一定要馬上進行手術才行。」

高中生年紀的兩位兒子好像沒完全聽懂腦溢血一詞，但我抱著希望他們能夠理解現狀的心情，再次和他們說明了狀況。不過我那過於一板一眼的機械式口吻很難有所改變，因為對我來說，每天都會遇上類似狀況，這樣的事並不罕見，沒有其他的話需要多說了。她將帶著凹陷的腦袋及乾澀的雙眼，躺在加護病房裡慢慢等待恢復。如果沒有復元，到死之前她都得帶著這副模樣度過餘生。而那兩名年紀尚幼的高中生，現在才了解到現實，只能擔起照顧她的責任。

我將急診室的狀況稍微整理了一下。夜已深，急診室又被醉漢與吵鬧喧譁而受傷的人給擠成了嘈雜的菜市場。過了一會兒，急診室常見的醉漢被吵吵鬧鬧地送了進來。這位大叔喝得太醉，已經到了失去理智的狀態。用他的話簡單來說，就是吐一吐，結果發現有些血混在嘔吐物裡。

「吐一吐，結果有血吐出來，這種情況是第一次啊。沒有很多啦，啊啊，媽的！胃好不舒服啊，肚子好痛。」

對喝酒的人而言，這是相當常見的狀況，每晚都會有超過十個以上像這樣的人來到急診室。就算按壓腹部做觸診，或做其他檢查，也不會發現任何異常，只測出酒精濃度嚴重偏高。「完全醉了呢！」我走過去對他說：「可能因為嘔吐而造成食道下方些微破裂，是只要戒了酒馬上就會好的病。我會開一些止痛劑給你，請稍微忍耐一下，早上我們再用內視鏡確認一下裂傷。」

「真的很痛啊！非常痛！」

他沒有回答，而是大喊著要離開急診室。為了以防萬一，我勸他還是照一下腹部ＣＴ會比較好。醉漢往ＣＴ室移動後，急診室暫時變得安靜許多，但當他一回到急診室又再度變得喧譁吵鬧。我一面聽著他吼叫的怪聲，一面看著CT照片，腹部的內臟沒有什麼異常。

「怎麼可能，真的很痛啊！非常痛！」

沒辦法再聽下去了，為了讓他入睡，我幫他注射了比酒精還要強一百倍的鎮定劑。患者立即失去知覺睡著了，急診室很快就恢復了平靜，我感到很滿意。「究竟是這世上太多發酒瘋的人，還是只有這種人才會找上門呢？」

現在只要撐過下半夜就可以了。今天雖然是特別忙碌的一天，但好像只要這個夜晚能安安靜靜的，我就好似可以撐過去。不過，這時來了一名肚子大得就像即將臨盆的女人一樣的中年男子，病歷上註明了完全無法採取任何醫療處置的肝硬化末期。

「請問哪裡不舒服呢？」

「請幫我抽一下腹水，完全沒辦法動了，只要看了我的病歷就會知道。」

我重新檢視了他的病歷表。通常只要抽了腹水，再確認白蛋白數值是否必須補充就行了，不過由於血壓也可能下降，所以需要觀察一陣子。但病歷上顯示這位患者每次都強烈拒絕檢查，只抽完腹水就出院了。可能因為都沒出現什麼問題，就算不聽醫院的勸告，也有能活下去的信心吧。我先讓他做檢查，然後確認了白蛋白數值比平時還要下降許多，而且腎臟指數上升了兩倍。

「肝硬化末期，伴隨肝腎症候群，您必須要住院接受治療才行。」

「不要，只要幫我抽腹水就好，我要回家。」

「不行，不可以。」

「醫生啊，今天我和你才第一次見面，你一點都不了解我啊。我這個病治療四年了吧，已經把我全部的財產花到一點都不剩啊。現在我一點也不想接受治療，也沒有錢治療。我已經放棄我的人生很久了，但肚子實在撐得太大，沒辦法動才會來醫院的，不能動就沒辦法過活啊。只要幫我把腹水抽掉就可以了，我就能按照自己的方式生活。」

肝腎症候群通常在肝硬化末期患者接近死亡時找上門來，目前還未發現原因，不管怎麼治療都沒有用，存活時間大概只有一個月。如果他住院接受治療，大概一個月後也會死去；如果待在家，在發病前就會先因為高鉀血症引發心臟麻痺而死。

「如果不住院的話，會引發猝死的。」

「這樣的話就太好了，如果可以和醫生以死掉的臉再相見就太好了。如果人能神不知鬼不覺地死去，沒有比這更幸福的事情了。」

我無法對他嘴裡說出的不幸做出辯駁。他那腫脹又圓滾滾的球型肚子，看起來完全動彈不得，我只能先拿了注射針戳進他的肚子，發燙的黃色腹水開始在盆中積聚。治療了幾名半夜來的感冒、撕裂傷患者後，再回到他身邊時，大部份腹水已經排出了。他看起來仍然病懨懨的，彷彿明天就要死去一般。但當腹水排出後，他的身體動作明顯變得輕盈許多。

「您必須填自願出院申請書。」

「請趕快把申請書給我，就算要我寫一百遍也願意。」

他爽快地簽了名，踩著緩慢但輕盈的腳步，踏出急診室的自動門走了出去。不用過多久，我或另一位醫生將寫下他的死亡診斷書。

好不容易捱過了半夜時分，太陽緩緩升起，陽光依稀透了進來，是時候處理剩下的患者了。就像平時一樣，痛苦萬分的疲勞已蔓延至全身，但我只能打起精神，整理病歷資料並準備早晨的簡報。我將前一天來院的患者依序排列，開始背誦起患者的狀況資料。

「肝癌，心肌梗塞，意識模糊，原因不明。肺炎性敗血症、腸胃道敗血症及多發性內臟衰竭，全都有些微好轉，目前待在加護病房中。心臟衰竭徐脈末期，觀察中。非外創性腦出血，已經進行手術了。廂型車交通意外患者，目前給予輸液與血液，狀況逐漸穩定。喝酒嘔吐，懷疑是食道裂傷的患者，預計幫他做內視鏡。」

無意間確認紀錄時，我發現預計要做內視鏡的醉漢生命跡象有些異常，趕緊跑去確認。他正在發燒，血壓也持續下降，這是不祥的徵兆。「不可能啊，我沒有任何遺漏的部分啊，遺漏的地方……」我思考了相關的可能性，於是要求重新確認他的ＣＴ。他的腹部內臟仍然安然無恙，好端端的、沒有任何異常，那麼，該不會是……我將ＣＴ設定從腹部改成觀察上方的胸部。患者只露出一小部分的食道下方，看起來有點奇怪，我的心臟像是漏了一拍、嚇了一大跳。我把CT仔細地放大，食道破裂，看似食物的液體從食道流往胸腔，看來造成了部分的炎症。

「啊……該死，這是自發性食道破裂（boerhaave syndrome）啊。」

所謂自發性食道破裂，是指食道無法承受嚴重嘔吐下的壓力而破裂的疾病。原本就很罕見，即使是大學病院的急診室，一年也只看過兩、三名左右的患者。由於食物從破裂的食道，往附近流出、進入了胸腔內部，將造成胸腔快速壞死，所以必須動緊急手術才行。手術的部位很深，必須從脊椎旁切掉一、兩根肋骨後，才能開始手術。以一邊肺部裝入人工呼吸器的方式，將要動手術的肺部部位空氣全部排出後，再用鉗子將心臟稍做推開以確保視野，接著進入被污染的肺部，做清洗並以縫合的方式來進行手術。如果太晚動手術，敗血症或休克立即會隨之而來，死亡率也會飛躍式地增加。如果不動手術，幾乎是百分之百的致死率，手術後的康復過程也必須相當謹慎。

這是今天工作中發生的第二次意外，我緊急地打電話給胸部外科。

「是自發性食道破裂……現在必須立刻動手術才行。」

胸部外科值班醫生看了一下電腦資料後，回答：

「昨天晚上來的自發性食道破裂患者，竟然讓他睡到凌晨啊？唉……我知道了。」

胸部外科一大清早就已經上班了，他們立刻飛奔而來，確認了患者的狀況與之前的CT

結果。他們同時在拍攝的應急X光片中，觀察到胸腔的炎症看來已經明顯地擴大許多。他們忙碌地開始動作，並決定推遲早上原本預定好的第一場手術，緊急將這名醉漢送進緊急手術室。突然之間，家屬與要動大手術的醫護人員蜂擁而入，場面一下子變得相當嘈雜。這次也沒有事先聯絡，我感受到他們那責怪的視線，也只能呆呆地看著那CT結果而已。「偏偏在腹部CT裡發現胸部異常，也是，至少學會了以後要注意這個。這種再平常不過的醉漢、特別吵鬧的醉漢。我只是想扮演一位膽大又穩重的醫生，但實際上我卻無視了這名吵吵鬧鬧的患者所說的話，只給了他鎮定劑，讓他睡覺罷了。」這就是我剛才所做的「好事」。

最後一名患者被送進手術室了。我將背誦的內容機械般地做了簡報，如往常一般遭受砲火猛烈的批評與指責，明明白白的失誤，所以完全無法躲避。在一天之中，將近兩百名左右的人來到急診室。有的人戴著面具，然後乘其不備之際，突然向我展示了他的不幸或死亡，我實在無法承受。結束了簡報，我一回到急診室就看到昨晚那意識不清、有著心臟病，被廂型車壓倒在地的老奶奶，仍舊躺在那裡，一旁還有其他新來的患者繼續蜂擁而入。雖然現在已經可以下班了，但是我的身體好一段時間動彈不得，我趴在急診室的護理站，就連哭的力氣也失去了。

無論如何，今天還是一定得要有個結束，這樣才能迎接明天。我擠出全身最後的一絲力氣，艱困地走出急診室外。早上的風是如此兇猛，我能感受到身體的寒冷，連可以說一句「辛苦了」的安慰話語的對象都沒有，彷彿就像失去了能躲藏的洞穴，這樣的感覺縈繞著心神。即使不刻意去回想，過去一天所發生的事，仍一件件在腦海裡按順序地閃了過去，彷彿周遭人們對著我指指點點。就在那時候，我突然恍然大悟：昨天夜裡沒有任何一個人死去啊，這真是一件很神奇的事呢。誰都沒有死，但我卻宣告了他們即將死亡的訊息，事實上就是如此。我意識到我的生命還艱難勉強地活著，但全身一點氣力都沒有，彷彿攤在我面前的命運是即將死去，甚至有著「啊，如果那件事提前到來就好了」的念頭。我就像永遠只看著銅板背面的黑暗，希望能夠恆久消失不見。

제 2 장

目擊機艙內的騷動

二〇一六年十二月，歌手理查・馬克斯（Richard Marx）在Facebook上傳了一張照片，一張韓國人在仁川飛往河南的飛機上鬧事的照片，而鬧事現場的影像後來也透過社群網站迅速地傳了開來。影片中的男子在衝動之下，看到什麼就要砸個粉碎，這樣的行為旁人完全無法理解。飛機上的空服員們撲向他、緊緊抓著他不放，卻也對他束手無策，平白無故地被暴力相對。

許多人都對這樣的情景感到震驚不已，但這種情景和他們的模樣，對我來說卻再熟悉不過了。回顧過往經驗，我在急診室裡遇見的那些使用暴力的患者、家屬或喝醉酒的人，他們的眼神與行動就和機上那名男子一樣。如此行徑彷彿存在著既定的紋理，模式幾乎完全一致，而那些意圖壓制他們、或被迫負責這項任務的人們，他們的態度也完全一致。無論是飛機上或急診室裡，那些不分青紅皂白就施予暴力、亂吐口水的人，以及那些穿著制服、態度恭敬急切跪下的那些人，都是一樣的。

引起公憤的這名男子被拘留起訴。檢方依違反民用航空法之規定，認定他有暴力危害飛行安全、妨礙業務、傷害、毀損財物及施暴等罪嫌。為了逞一時之快，不只周邊的人受到影響，甚至可說是不顧整架飛機上許許多多的乘客的生命安全。二〇一七年四月十三日，這名男子被處以一年有期徒刑、緩刑兩年、罰金五百萬韓幣（約十二萬台幣），並判處兩百個小時的社會服務。

得知了上述這一連串過程，我心中對此卻抱持著一絲絲的羨慕。人們對飛機上的騷動一致大力疾呼，認為要果斷地予以處罰才行。雖然有些人認為這樣的處罰無關痛癢，但不管怎麼說，至少他仍為自己做出的行為得到了相應的處罰。與此同時，雖然醫院與飛機有著共同點，也是為許多人生命做擔保的空間，但不知道大眾對於醫院裡發生的惡言相向或暴力行為，處置的想法是否有所改變？與飛機上發生的頻率及事件的嚴重性相比，人們似乎仍未意識到這部分也值得重視。

◆

週六的凌晨兩點，是急診室最為混亂、因各種意外事故而顯得最為擁擠吵雜的時間。跨越自動門那低矮的門檻，預想不到的人群突然蜂擁而至，外面世界的瀟灑豁達與醫院獨特的冷靜沉穩彷彿統統混雜在一起，急診室變得忙亂不已。很快地，人們的聲音來來往往，特有的嘈雜混亂擴散了開來，急診室徹底沾染上外面世界的混沌，也成了紛雜的空間。時間來到了凌晨兩點，所有的房間都熄了燈，人們安穩地進入夢鄉，那漆黑又寂靜的空氣，彷彿從外面的世界籠罩、包裹了醫院的一切，彷彿保護了患者們，以及樓上一間間普通病房與重症加護病房。一切都和週六的凌晨兩點那吵鬧雜亂的急診室景致形成強烈的對比。

急診室裡充滿生氣、吵雜喧鬧的時間，與社會噴發出能量的時間幾乎差不多。如果人們在各自的職場裡工作著，或在家裡度過井然有序的日常生活時，其實不太常發生什麼特別的意外事故，但當人們一旦脫離那日常框架，與朋友、同事們喝酒，享受著自由自在的行動，讓各自的欲望彼此互相擦撞時，意外事故就此發生。在這無數的意外當中，如果有人受傷或不舒服的話，那意外的終點將會是附近的急診室。而我很快就得要出面，收拾整理這些意外事件生動的結局。就這樣，我目睹了工作地點一定的半徑範圍內，那些發生過的歡愉玩樂而後的苦澀。只不過在意外發生之際，與我目睹之時，兩者之間存在著時間差罷了。

週五晚上人們湧上街頭，興高采烈地群聚喝酒，忙著將自己灌得醉醺醺，釋放出囤積許久的能量，也因此導致了這社會常見的爭執吵鬧。於是，週六的凌晨兩點，正是容納這一切紛擾的時間，同時也是一個令我受盡折磨的時間。

我已經指示醫護人員，要為從樓梯上滾下來的那位中年男性照攝頭部ＣＴ。在確認了由於口角爭執，而毫不留情地抓花了彼此臉部的兩名二十多歲女性的傷口之後，又馬上對著才剛吃了烤五花肉配燒酒，但終究無法忍受牙痛而來到急診室的男性，那張滿是醉意的嘴，熏人的酒氣迎面而來。就在這時候，自動門輕盈地打開了。由這群人身穿一身寬鬆又黑漆漆衣服的裝扮，以及那散發在四周的不良氣勢來看，應該經常有人稱呼他們為「小混混」或「流氓」。一群男人蜂擁而入，走進急診室。

打從他們一登場，急診室就變得騷動喧囂不已，就好像已在其他地方喝了第一攤、第二攤之後，第三攤的聚會場所決定選在醫院一樣。這些黑衣男子一邊隨口罵著髒話，一邊找醫生，護衛著一個看起來像是老大的人走了進來。那個看起來像老大的男子，在人群之中被攙扶著，彷彿醉得厲害、走起路來搖搖晃晃的。雖然年紀看起來並不年長，但極其兇惡，白色襯衫下擺處沾滿了鮮紅的血漬，也許就因如此才會動身來到這裡。自從他們踏入急診室的門、醫護人員要患者在病床上躺好之後開始，就像看電視劇一般，看到了各種歇斯底里的反應，那威勢宛如君王與守衛他的臣子一般。

我為了迎接躺在病床上的患者而走了過去。原則上，只能有一位家屬在旁邊等待，但數十名黑衣男子緊緊挨著患者，團團將病床圍住，好似隨時要把病床抬走一般。醫護人員沒辦法像平時一樣，以行動有效地制止他們，於是我只能推開他們、擠了進去。四周瀰漫著一絲微甜卻臭熏熏的酒氣，以及令人作嘔的菸味。「你是負責這裡的嗎？給我好好看一下我們大哥。」嘲諷輕藐的話語傾瀉而出，彷彿只要稍不順心，就會馬上抓住我的領口興師問罪。

雖然護理師已經吩咐了患者必須禁食，但誰也沒有聽進去。過了一會兒，護理師要為患者測量血壓及脈搏時，護理師一碰到患者的手臂，黑衣男子們立刻用他們那粗糙的手，粗暴地甩開護理師那稚嫩柔弱的手。「不要對我大哥做這些沒用的屁事，一個女人家在醫院裡幹什麼東西，真是不像話。」他們一副拳頭馬上就要飛過來的架勢，場面充斥著威脅的氛圍。想單純以口頭勸說他們遵守規定，可是一點用也沒有。雖然他們嘲諷挖苦，但並沒有拒絕身為醫生的我的治療。於是我提心吊膽、小心翼翼地將患者的衣角掀起，腹部左下方有一道四公分左右的刺傷，鮮紅的血液從那縫隙中潺潺流出。

「發生了什麼事而受傷的呢？」

「醫生你看了還不知道？我們老大在ＫＴＶ裡不小心滑倒，結果被地板上的一把刀給刺傷的啊，趕快給我把傷口縫起來。」

那模糊不清又充滿醉意的口吻，彷彿是從劇本裡挑出來的台詞，就算不是醫生也能聽出他說的不是事實。雖然不清楚事情的來龍去脈，但的確有人拿刀刺進他的身體。為了確認刺裂傷的深度，我用戴著醫療手套的手指往傷口處戳了進去。整根手指沒入了傷口中，可以感受到發燙的腹腔以及潺潺流出的血液，腸穿孔的可能性很高。倘若如此，這個人就是必須要立即動手術的重症患者。

「刀子刺穿腹腔，首先需要動開腹手術才行。而且大腸也被刺穿的可能性也很高，要趕快照CT，立刻為他準備進行手術。」

終於從患者那裡聽到了等待許久的回答。

「你算老幾竟然敢說要做別的，別在那邊胡說八道，快幫我縫起來，我要回家。」

站在旁邊的那群男子，也用差不多的口吻在一旁叫囂嘲諷著。

「真是一個自以為是的江湖大夫啊，偏偏被這個不知道來歷的庸醫負責。」

心重重地往下一沉，就像凹陷了進去，相當不舒服。在患者不配合治療的情況之下，醫生的權威一點也行不通，就算再怎麼一把鼻涕、一把眼淚地強調醫學原則或是死亡的可能，他們也似乎聽不進去。即便知道是白費脣舌，但我還是再度重申原則。

「就先做個檢查吧，這個傷口真的很可能會出大事的。」

患者的忍耐度已經到達了極限，什麼話也聽不進去。

「欸，真是倒胃口，走，去抽根菸好了。」

原則上，只要是來到急診室的患者，都需要完全禁食，包含喝水在內。更何況是抽菸了，在常識上是絕對不容許的事情。但他們可不是會遵守這些小小原則的人啊，他們站在病床邊把我推開，就和還流著血的患者魚貫而出，一起走到急診室外頭去抽菸。根本沒辦法制止他們，無可奈何的我也只好轉去查看其他病患的狀況了。治療室裡，彼此抓花臉的兩個女人躺在那邊。當我正幫她們把一個個傷口仔細縫合的時候，從治療室的門縫裡，看到剛才那些黑衣男子叫囂著經過。「老大說他想大便。」穿著沾染血漬襯衫的男子，就像真的快要忍不住便意，走路的姿勢又更加踉蹌了。黑衣男子們又再度一群人魚貫地湧入廁所。

大約在快要縫合完之際，突然聽到一陣混亂又慌張的男人們的聲音，我從縫合室裡走出來確認狀況。只見褲頭還拉不到一半的患者，流著大量的血，昏倒在廁所門的前面。他大概是爬著出來的，身後拉著一道長長的血跡，襯衫已經被血渲染得濕透了，甚至褲子上也滿是令人怵目驚心的斑斑血跡。我跑過去、搖晃他的身體，他已經完全失去意識了。我將他的褲子脫了下來，然後將手指戳進了他的肛門，剎那間我的手沾滿了鮮血。

人類的大腸是從右邊開始長長往上繞行，最後再從左邊下來與肛門相連，因此右邊大腸出血到肛門需要花很長的時間；但若是左邊大腸出血的話，馬上就會到達肛門。這個人的傷口在左邊，可以肯定的是刀子刺穿了大腸。刺穿腸子所大量湧出的血液載滿了直腸，所以他才會認為是忍不住的便意。當他坐上馬桶，隨即就本能地意識到從自己身體裡傾瀉而出的大量血液，直腸裡的壓力突然降低、加速了出血量，所以會在剎那間感到頭昏眼花，意識也漸漸變得模糊。他明顯感受到自己的生命一點一滴正在流逝，即將死亡的預感，讓他拖著血跡爬了出來，最終失去了意識。

現在的狀況已不容許他拒絕任何的治療了，直到這時候，醫護人員才有機會測量他的血壓及脈搏。他的脈搏非常微弱，好不容易才測到，血壓也非常低。面臨生死關頭的重症病患，必須以最快的速度準備進行手術才行。從一群驚慌得手足無措的黑衣男子中，醫護人員將渾身是血且塊頭很大的患者抬上了病床。躺上病床的他，四肢癱軟地「噗通」一聲垂落下來。斗大的血滴就從他昏倒的地方，一路亂七八糟地滴落在地板上，延伸至病床的位置。

現在治療終於可以順利地進行了。醫護人員為他供給氧氣、確認小便排量，並趕緊申請輸液與血液，在他肩膀下方安置中央靜脈導管。若聯絡外科後立刻送往手術室的話，對於失去意識的他也還不算太晚，生存下來的機會還是很高。剛才看到他們老大大量失血、幾乎快要死掉的場面，現在那些黑衣男子也不再譏諷嘲笑我的話是錯的，也不再拒絕治療，也絕口不提縫合傷口就回家之類的話了。我因此鬆了一口氣，積極地正式開始進行治療。

但沒過多久，我立即就意識到我的想法錯了，真正的問題現在才要開始。當醫護人員進入救治病患的處置程序時，了解狀況後的黑衣男子們，開始做出了令人意想不到的舉動。突然之間，他們每個人的情緒都變得相當激動，一邊動手推正要為病患進行醫療處置、準備動手術的醫護人員，一邊口無遮攔地飆罵髒話、惡言相向。

「到底是怎麼治療的啊？沒用的混蛋。」

「你就是不聽我的話，沒有立刻把傷口縫合起來，你看看現在人都快要死掉了！」

「這些蒙古大夫一直在那邊給我弄那些沒用的東西，你們是在搞笑嗎？」

「為什麼不回話？現在我說的有錯嗎？你現在是瞧不起我、無視我嗎？」

荒謬至極的謾罵叫囂充斥著整間急診室，周圍的警衛與相關人員全都湧入了。頓時之間，急診室成了街頭小混混發生爭執的地方，出現為了壓制他們而一片混亂的場面。我請人報警，警察很快就出動了。緊急接到患者通知而飛奔下樓的外科主治醫生，在一旁驚慌失措地目睹滿身是血的患者，以及一群人大打出手的混亂場面。他很快掌握了狀況之後，立刻向患者衝了過去。我向外科主治醫生簡短說明了狀況，患者仍然處於失去意識的狀態。

那些黑衣男子們被警衛緊緊抓著，兩邊人馬發生激烈的爭執。患者周邊好不容易有了空隙，護理師與醫生們立刻靠上前，插上輸液用的針頭與確認體液量的尿管，準備監控患者狀況。但有一個體格特別魁梧的大塊頭男子，完全不理會警衛的制止，在旁邊像是暖身運動般地轉動著肩膀，動作誇張地連他那粗壯的手臂也一起繞轉，莫名其妙地不斷妨礙治療。

「我問你為什麼要無視我，嗯？憑什麼無視我啊？」

醫療人員已經沒有力氣去回嘴或反抗他了。他們也只能一邊閃避，或直接被那粗壯的手臂毆打，一邊幫患者進行治療。和我剛剛做的一樣，把手伸進患者肛門的外科主治醫生看著自己血淋淋的手掌，搖搖頭說：

「幫我確認生命跡象，我去查一下手術房。」

我點點頭，用鑷子對患者的刺傷進行大範圍的消毒，並且用一大疊紗布覆蓋包紮固定。但血很快就浸濕了紗布、滲透了出來。然後在我剪下最後一塊膠帶，貼上患者腹部的那一瞬間，剛才那個魁梧的大塊頭男子帶著醉意的拳頭飛了過來。我閃身避開了那一拳，看著那仍然拳打腳踢的一片混亂。雖然很明顯能看出善惡兩方的情況，但接到緊急呼叫而來的警察，卻只是站在後方、靜靜地看著這一切。

X光片的拍攝在一陣混亂下結束了。現在中央靜脈管抵達了，只有身為主治醫生的我才能將它放入患者的體內。我脫下了白袍往後一丟，雙手戴上殺菌手套，開始為他的肩膀消毒。患者由於輸液之後，血壓稍稍上升，意識也稍微恢復了一些，身體有了動靜。我拿起像粗筆芯一樣粗的針頭，在患者肩膀上覆蓋了綠色的無菌布。現在我的雙手和患者的肩膀已經全部都消毒好了，如果這時候碰到任何沒有消毒的東西的話，就很可能會讓患者的靜脈感染細菌。我摸著鎖骨下方，準備好下針的角度，突然之間，剛才還和護理師拉扯大叫的魁梧大塊頭將視線向我這邊轉了過來，對我大聲吼叫：

「喂，你這混蛋，你現在想幹嘛？」

那態度實在給人太強烈的威脅感，令人無法無視這句話。

「我現在是在救你朋友的命，我是這裡唯一的主治醫生，也是這裡唯一可以救你朋友的人。這是一定要做的手術，而且也相當危險。這邊已經完全消毒過了，拜託你千萬不要碰，請你趕快出去。」

「你這個瘋子，你這小混蛋竟然敢叫我出去？喂！你是什麼東西啊？」

荒唐至極的瘋狂反應，這名高大魁梧的男子似乎瘋了一樣。但我的雙手和患部都已經處於消毒的狀態，內心著急萬分的我再也沒閒暇時間理會他，心一橫、下定決心，低下頭來摸了摸患者的肩膀確認位置後，就把粗大的針頭插了進去。靜脈裡噴出來的血被吸進了注射筒裡，總之成功找到血管了。但就在那一瞬間，我突然一陣頭昏眼花、眼冒金星，待回過神來，我的頭已經歪得偏向另一邊去了，那個魁梧的男子重重地打了我一巴掌。我已經消毒的手正握著針筒、插在病人的身上，根本來不及有任何的反應，臉頰火辣辣地刺痛著，整個人頭暈目眩，真的很淒涼。突然間，我感覺這名男子該不會其實是想要殺死自己的朋友吧？但如果是這樣的話，事情卻會全部變得是我的責任啊，就算這個人恣意妄為地行動，全部的罪責卻是我一肩承擔啊。我轉過頭來，幸好注射器還安然地插在那裡，看來是我的手本能地固定住了注射器。我大聲地吼叫：

「拜託，至少在這邊結束之前，請幫我擋住這個人。」

見情勢不對，警衛們紛紛放開各自手中的人，往那名魁梧高壯的男子跑了過去，但他甩開了警衛的制止，繼續毆打我。他用他那雙大手，粗暴又用力地抓住我的領口往上抬，我已經被抓傷破皮，衣服也被撕破，身體都露了出來，腳後跟甚至有些離開地面。如果這時候，我把兩隻手放開來阻擋抓緊我領口的那雙大手的話，注射筒就會懸空，也會拉扯到插在患者身體上的針頭。如果注射針頭就這樣被拔掉的話，鮮血就會從那個洞裡噴出來。我沒辦法放手，對於他的拳打腳踢，抓著注射筒的我也只能用身體去承受這一切。當警衛硬是把他的手扯開我的領口時，他馬上就胡亂抓我的臉，接著又朝我明顯已裸露的身體部位不斷拳腳相向。這時候的我，比起疼痛，更感到羞恥與憤怒，真的沒辦法相信會發生這種狀況。結果更多人跑了過來，硬是把他從我身上拉開，但我的肉體遭到了凌辱，內心像是失去了靈魂一般。幸好消毒好的所有部位還完好無缺，直到那時，我才有機會將一直緊握在手中的中央靜脈管放了進去，真的是如同煉獄般的瞬間啊。

在請其他醫護人員確認靜脈管的狀況之後，我就暫時回到了值班室，換下衣服順便平復一下自己的心情。一脫下那破爛不堪的工作服，我那滿身瘡痍的身體一覽無遺。由於屈辱與疲勞，我真的想要一頭倒下、乾脆昏倒算了，真的無法理解為什麼我要受到這種蔑視。突然，葉慈（William Butler Yeats）的詩句浮現在我的腦海中：「最善良的人會失去一切信念；相反地，最惡的人會充滿激情。」[1]善與惡，信念與激情，彷若他事先知道情況如此，目睹一切而寫下這樣的句子。

脫光上衣的我抱著頭，一點也想不起任何醫療界的信念或崇高的理想。眼淚直直滑落，但直到患者進手術房前為止，我得要在一旁繼續觀察患者的狀況。現在急診室裡還到處是週六凌晨熱浪下哀號呻吟的人，我的工作時間也還剩下八個小時，因此，我必須得回歸工作崗位。我不得不換上備用的工作服，用力地深呼吸了一下，嗯！回去吧，就當作什麼事都沒發生過吧！

我帶著一張被抓花且慘不忍睹的臉重新回到崗位，就像心被掏空，只有身體艱困地拖著步伐走路的樣子。幸好患者的生命跡象恢復穩定，也透過不久前安裝好的靜脈管輸血成功。黑衣男子們現在就像玩樂時間結束了似的，就這樣把自己剛剛拚死拚活守護的珍貴的人放在這裡，鳥獸散地不見蹤跡。從樓梯上滾下來的中年男子，由於腦出血的關係，被送到加護病房。血流如注的手指頭似乎就要掉下分離，患者正等待著我。外科主治醫生現在已經準備好手術房了，我趕緊到急診室去確認患者的狀態，並且呼叫手術小組。我將其他患者的狀態整理好，最後站在患者身邊、確認他的生命跡象。那時打了我巴掌的男人，正邁著不良的步伐、趾高氣昂地在急診室裡走來走去。再度與這麼兇狠的人碰面，我一面感到吃驚，一面恐懼地向護理站的人員詢問。

「剛才不是有警察嗎？警察明明就有看到啊，為什麼沒有把那個人抓起來？為什麼現在那個人還在這邊趾高氣昂地晃來晃去呢？」

「警察早就走了，說他是患者的家屬。因為當事者不起訴的騷動，所以只有訓誡處理而已。」

「……」

1 出自葉慈〈二度降臨〉（The second coming）。

雖然忍不住感到震驚，但也無話可說。不知道他是不是連曾經踐踏過我的這件事都不記得了，甚至連看都不看我一眼。但我仍然很害怕。雖然已經下定決心，但恐懼卻是無可避免的。他會不會突然之間又改變心意，再度向我飛撲過來？倘若如此，剛才的事情是不是又得再經歷一次？我的內心充滿了恐懼。但我假裝泰然自若地阻擋著湧入急診室的人們，守護著等一下就要進手術房的患者。由於恐懼，我的身體顯得僵硬而有些動彈不得。相反地，他卻像是什麼事都沒有發生過一樣，毫不在意地邁著大步、穿梭在急診室的患者之間，還吵吵鬧鬧地大聲講著電話。不知道是不是甚至感覺很無聊，他乾脆走到外頭去，直到走出急診室前，依然看都不看我一眼。

他為什麼要對我做出這樣的行為呢？是感受到什麼樣的憎恨嗎？還是，這一切不過是他這個人一時的娛樂罷了？這名男子若無其事地用這樣的方式，坦蕩蕩地活在這個世界上，這樣的態度究竟是否正確呢？不管怎麼想，我都完全無法理解。

被刀刺傷的患者被送進了手術房，安全地度過難關了。幸好我一個人受到的屈辱，最終守護了一個人的性命。現在急診室裡完全沒有留下屬於黑衣男子們的痕跡，他們全都消失不見了。這輩子應該不會再見到他們了吧，我想。環顧急診室，這個地方就像什麼事也沒發生過，仍然如此喧鬧混亂，好像只要我忍耐堅持下去就可以克服的樣子。但對我來說，還需要工作的漫漫長夜，和無處可以傾訴的殘破身軀，以及那彷彿就快要崩垮的心情，仍然留在此處。

夜晚就像爬過一座山那樣，好不容易度過了。直到早晨，也沒有任何人死去。我用電腦確認了那位被刀刺傷的患者的狀況，他還活著，而他只會被在場的人當作這夜晚已逝去的、一段不愉快的回憶，在未來的日子裡被人回味。但我什麼也忘不了，抱著無法得到任何補償的傷口，我必須得確認沒有欠任何一位患者的債，才能艱難地勉強結束這如地獄般的一天，下班回家。

◆

急診醫學科是醫生們最不喜歡的科別，急診室也很常被比喻成地獄。除了時常得熬夜和過重的工作強度，其實最令人退避三舍的決定要素是，急診室工作必須得全然接受來自整個社會、那極其幼稚的騷動及惡言惡語。從來沒經歷過暴行或惡言惡語的急診室工作者，絕對不可能存在。明明就知道這樣的狀況，還朝向急診室的工作飛奔而去，這是需要勇氣的，因為醫護人員也只是普通人啊。

這件事，並非單純只是一個人毆打了另一個人這樣簡單。我是當時急診室的負責人，也是唯一的主治醫生，身處無法反抗的狀態之中，很可能會受到極度嚴重的攻擊及負傷，也可能因此無法對患者進行診療。我手上拿著的針筒很可能會戳穿患者，造成患者死亡。又或者如果連我也沒辦法撐下去、昏倒的話，那麼包含患者在內、旁邊無法繼續接受治療的人，還有周遭其他人都可能依序死去。這已超越我個人的安全問題，威脅到許多人的安全，是相當駭人聽聞的暴力。

醫生是需要去了解患者的人，而我也相信醫生連患者的周邊環境、家屬，都必須以溫暖的心意去了解和體諒，所以我盡可能用最大的努力去理解，目前為止發生在我身上的所有騷動和言行。但令人遺憾的是，社會對醫院內暴力相關的意識仍然停滯不前。醫院裡的騷動，被大眾認定是屈居弱者的患者與家屬，向強勢的醫療人員表達自己的方式，被社會視為可接受的暴力。雖然二〇一六年五月好不容易才通過醫療人員暴力加重處罰法，但在那之後，幾乎沒有施行暴力的嫌疑人受到應有的懲罰。在醫療現場，公權力大多處在旁觀的立場；而現實中，醫生站在必須理解患者的角度，也很難強烈地主張對施暴者執行處分或實際判刑。所以到目前為止，醫療人員只能用自己的身軀，接受這無差別的暴力。

也許我仍有許多不足的地方，但身為一名想對患者盡自己本分的醫生，我也同時是個普通人。受到痛苦折磨的時候，我也會煩惱，自己是否有可能遭受到危害或惡言惡語。在受到深深的傷害之後，我有好一段期間就像陷入沼澤般難以擺脫情緒。如果被其他人討厭，就好像心中添了沉重的負擔，感到很鬱悶。所以當面對這樣的人時，我仍然不知道是否應該要戰勝克服，並且全力以赴？還是乾脆逃跑算了？雖然守護信念與生命是我們的本分，但我仍然期待著，醫護人員獲得尊重的世界到來的那一天。

제 3 장

遇見惡魔

那是一個冷清的白天，我在急診室中央看著電腦時，遠方突然有一群人湧了過來。他們是一群穿著冷色調衣服的中年男女，臉上都帶著驚慌的神情，騷動地走進急診室。從這群祈禱的人、雙手互相交握的人、喃喃自語的人看來，我能預料到不尋常的事發生了。

我的視線輪流看著這群人和電腦上的檢索畫面，很快地，畫面上出現為他們帶來沉痛的根源，是一名才兩個月大的女嬰。在遠處醫療人員的引導下，他們列隊進入隔離的小兒科診療室。為數眾多的成人簇擁著一名嬰兒，難道是孩子發燒了嗎？又或是哪裡受傷了嗎？總覺得哪裡不對勁。關掉電腦螢幕，我馬上就向小兒科的診療室走去。

圍繞著孩子的人們，每個人臉上似乎都帶有正看著一個令人畏懼的東西的表情。我撥開人群走到了孩子的身邊，並且問起身旁的人緣由。

「孩子是哪裡不舒服呢？」

「孩子看起來怪怪的，所以送來醫院。這孩子，很奇怪。」

我轉過頭來，先確認孩子的狀況。才兩個月大的孩子，是如此瘦小又脆弱的生命。嬰兒當然不可能與人對話交談，在難以建立溝通的情況下，醫生們為了能客觀判斷幼兒的健康狀態，會以許多指標作為憑據，其中最重要的指標就是孩子表現出的整體活動力。健康的孩子受到外部刺激時，會立即表露出感覺，以哭鬧不休的自我表現，用以傳達飢餓或是其他需求，像是需要照顧幫忙的需求。這是還不會說話的孩子自然且理所當然的生存本能，而這些需求表現出的活動力，則是醫生推測孩子健康狀態最優先的憑據。

但是，我對這個孩子幾乎不需要做任何評價，因為她身上幾乎看不到任何的活動力。即使來到陌生的醫院，她對外部刺激也幾乎沒有任何感覺，一動也不動地躺在床上。孩子似乎連把頭擺正的力氣都沒有，無力地垂向一邊，只有眼睛勉強吃力地眨了眨。這樣的狀況不用說，活動力當然相當低落，而四肢的肌張力也是相同情況。孩子通常會指向天空或不停地動來動去的手腳，現在都無力地垂下。雖然還有呼吸，但是猛然一看就像死掉的孩子一樣。單看孩子的外表，就能充分理解「很奇怪」這句話，她是正一步步踏向死亡過程的孩子。我抬起頭來尋找家屬。

「孩子的媽媽是哪位？」

「我，是我……」

「孩子為什麼會這樣？」

「呃……我，我，我……」

與孩子母親互相對視的我，這才了解事情有什麼不對勁的地方。雖然擁有一張年輕的臉龐，但要說她是一個「好端端」的人，似乎又顯得有些微妙：雙眼視線不聚焦，蓬亂的頭髮綁得亂七八糟，穿著打扮也相當凌亂不整，說話結結巴巴的程度很難讓人聽得懂，甚至要說出一句正確文法的語句也相當困難的樣子，似乎是智能障礙者。光是照顧自己就相當困難的母親，這樣的她正養育著孩子。身旁一同前來、其他人稱他為牧師的人向我說明：

「媽媽是輕度智能障礙者，所以如果家裡出了什麼事，教會會去幫忙，也會定期訪問。上一次家訪的時候，孩子看起來有點不太對勁的樣子，當時就想要將她帶來了。這次和其他教友一起去訪問，發現孩子不哭也不鬧，看起來全身軟趴趴的完全沒力氣，感到很奇怪就趕緊帶來醫院了。」

在一般情況下，孩子要把自己弄到這種境地不是一件容易的事，這很明顯就是以某些方式虐待所造成的結果。我內心焦急地不想再聽任何敷衍的說明，把手伸向孩子。額頭冷冰冰的，仔細一看孩子的頭，異常凹凸不平，有一邊甚至深陷地凹了進去。兩個月大的孩子頭蓋骨尚未發育完全，非常地薄，如果用手壓孩子如此脆弱的頭部，薄薄的頭蓋骨就像是果凍一樣軟軟地波動著。我內心一陣激動，髒話差點瞬間飆出口。

我立即讓自己鎮定下來，並且確認孩子的精神狀況。當我與那雙極美的眼睛相視的那瞬間，頓時感到害怕，不知道為什麼，當我面對那雙眼睛眨啊眨的純真模樣，竟感到如此地恐懼。我避開她的雙眼檢視她的小臉，人中到上脣呈現不規則的乾裂，嘴巴內部也看來相當乾燥，脫水現象相當嚴重。我檢查了孩子的身體，隨即就發現當孩子掉落地面時最容易斷裂的鎖骨，兩側已經斷成兩截；如果完整毫無受損應該壓不下去的肋骨，此時卻也有喀嚓喀嚓的斷裂聲；孩子纖細短小的手腳，也在非關節的部位有些歪曲的狀況，這簡直就是惡魔所為的作品。雖然感到頭暈目眩彷彿要跌落一般，我仍努力讓自己冷靜下來，整理了目前情況。

「首先，趕快先從檢查開始吧。」

孩子被緊急送往檢查室，雖然要拍攝全身但其實非常簡單，因為這麼小的孩子只要用成人規格設定，就可以拍出全身的X光片，孩子的正面與側面立即就會顯現在電腦螢幕上，接著也能看到孩子頭部的ＣＴ照片。我內心萬分焦急，下意識地不停摸著電腦。和孩子一起來的那些人在小兒科診療室裡圍繞成一圈，在牧師的指導下，聚集大家的力量一起祈禱。急診室裡迴繞著帶有獨特共鳴的讚頌歌，這更加深了我心中不祥的預感，彷彿就像是不幸的前奏曲。

X光的結果出現在電腦螢幕上，如同我所預料，孩子細短又脆弱的骨頭，這裡、那裡到處是碎片，很難說是哪個單獨部位，而是全身骨折。同時也如我所預想，各處骨折的時間皆不同，癒合後又有新的骨折產生，是持續性虐待的典型狀況。但是才兩個月大的孩子就遭受這樣持續性的虐待，那麼殘忍的虐待到底是從什麼時候開始的呢？正看著孩子那粉碎四肢的照片時，螢幕上出現確認孩子那小小的腦部ＣＴ照的信號。

帶著緊張的心情打開ＣＴ拍攝的影像，果然孩子的腦部連基本的球型頭骨都不完全，頭蓋骨裂得粉碎，孩子的頭大大地凹陷進去，就像是用什麼物品用力往頭壓進去一樣。依序進入眼簾的是孩子的大腦、腦室、腦間、腦幹，這些部位已經受損到無法以醫學用語來稱呼，果然到處都布滿了受虐的痕跡。如果腦內部出血的話，就會馬上凝固形成類似固體的狀態，這會隨著時間流逝逐漸被液化吸收。由於經歷一連串有著時間差異而引起的出血與吸收過程，ＣＴ照片裡各區塊顯現出不同的顏色。從很久以前開始直至現在，孩子的大腦裡有著各式各樣的顏色與大大小小的出血痕跡，遍布在整個腦部被拍攝了下來。我又再度想起孩子不過才來到這世上兩個月的事實。為什麼？是誰？從什麼時候開始的？把這個孩子摔得如此粉碎？

我大大搖了搖頭，撥了通電話給神經外科的同事。

「嗯，急診室有什麼事嗎？」

「兩個月大的嬰兒被送來，剛剛照了ＣＴ，給你看一下好嗎？」

「嗯，剛好我就在電腦前面，等一下。」

過了一下子傳來了沙沙沙的聲響和滑動滑鼠滾輪的聲音，我那嘴巴沒有安裝過濾網的同事，驚呼聲立即就從話筒的另一端傳了過來。

「幹，是哪個混蛋把孩子的頭弄成這副慘樣啊？發神經的王八蛋，這個王八蛋是不是還活得好、吃得好、好好呼吸著？他媽的王八蛋，難道不怕會有報應啊？」

「是啊……孩子的精神狀況不太好，可能馬上需要動手術或裝置腦室引流管（external ventricular drain，排出腦室的腦髓液以讓腦壓降低，簡稱ＥＶＤ）。」

「等我一下，我現在就下去看看。」

白袍下擺隨著神經外科同事急促的步伐擺動，火速奔跑來到了急診室。他拿著瞳孔筆燈照了照孩子的眼睛，觀察孩子的整體狀態，像我之前做的一樣把手放到孩子的額頭上。很快地，不知道是否他也感受到那可怕的徵兆，他的手縮了一下，然後他立刻向聚集的人們展開說明。

「腦出血狀況很嚴重，姑且不談為什麼會變成這樣，現在必須立刻進行處置。孩子的狀況已經非常不好了，腦出血的範圍太廣，而且出血時機也不同，無論動不動手術都很尷尬。但孩子看起來腦壓升高、意識不清，現在必須在腦室裡裝引流管把血排出，先讓腦壓降下來才行。」

孩子的母親並沒有說什麼，什麼表情也沒表現出來，被稱作牧師的人代替孩子的母親回答：

「那麼，就拜託您了。」

孩子被移往治療室，躺在病床上的孩子身上，我找不到任何一絲害怕、或是任何情緒和表情，就像連呼吸都顯得吃力。她似乎無法辨別自己身處陌生的環境，也沒想過要表露一點自己的情緒。過了一會兒，孩子在白色照明之下，在閃閃發光的機器和道具包圍的治療室中央躺下，接著尖銳的手術工具飛快地傳遞穿梭著。為了裝置腦室引流管，必須在一個人緊抓著孩子頭部的狀態下，由另一個人在孩子頭上鑽出一個洞，插一條管子到腦室。同事用剃刀將孩子那沒多少的頭髮全都剃得乾乾淨淨，稀疏的頭髮不見了之後，滿是青一塊紫一塊、傷痕累累的光頭馬上映入眼簾，我的內心又再度燃起熊熊的怒火。

現在要正式開始裝置腦室引流管了。我將孩子一動也不動的頭部擺正後抓緊，同事為了精準地插入通往腦室的管子，量了量角度，在頭皮畫上幾條直線，馬上就在頭皮上點了一個點。接著覆蓋上消毒好的綠色無菌布，在孩子那凹凹凸凸的頭上以紅色的消毒藥水擦拭過後，用鑽頭骨專用的鑽子在剛剛標示的點上鑽了個洞。當嘈雜震動的電鑽一碰到那薄弱的頭蓋骨，立刻就鑽出個洞了。

我怕孩子會亂動，雙手用力抓得緊緊的，但即使是在自己頭蓋骨上鑽洞，孩子依舊動也不動。為此我又差點飆罵髒話，究竟是遭受了多少毆打與苦痛，讓孩子在這種情況下，竟然無法做出任何一點反應呢？即使自己的頭被鑽洞也無動於衷，是不是真的處於瀕死狀態呢？這樣的想法，讓我那雙緊緊圍繞孩子頭皮的手忍不住顫抖。同事拿著尖尖的引流管向腦室的方向穿過了大腦，並將管子用力地固定住。可能是腦壓很高的緣故，血液和腦髓混在一起，透明又參雜著紅色的液體從與頭部連結的管子裡噴了出來，腦子裡血跡斑斑。這是惡魔一手創造出來的作品。

即使裝置完引流管之後，孩子仍舊一動也不動，眼睛只是緩緩地眨啊眨，只是插入了一條貫穿頭部的管子，孩子的狀態依然什麼變化也沒有。我指示身旁人員替孩子輸液並做了其他不同的處置，為了詢問一些關於孩子的事，我走到孩子母親的面前。

「是誰把孩子弄成這樣的呢？孩子不是有爸爸嗎？還是就是孩子的爸爸把孩子打成這樣的？請告訴我。」

群聚的人們一句話也沒有說，孩子的母親用有些奇特的語氣開口說話了。

「有爸爸，爸爸。」

「你說有爸爸？那麼他做了什麼？」

「遙控器，用遙控器，頭……」

我驚嚇到腦子一片空白，實在太荒謬了。竟然有個惡魔在看電視時，拿遙控器朝著身旁新生兒的頭猛敲。

「然後呢？還有其他的嗎？應該還做過其他事吧？」

「摔下去，然後用腳……」

孩子遭受虐待的場面彷彿隱約重現於我們眼前，中年婦女突然雙手交握，一臉驚恐地喃喃自語。教會的人對發生的事也僅止於猜測，似乎完全不知情，所有的人全都變得相當嚴肅，在恐懼中顫抖著。沒必要再多問什麼，就算再聽下去也只是帶來更多煎熬，我必須要清楚的部分，剛才那些話已經足夠了。

我走出小兒科治療室後打電話報警，目擊了虐待兒童的病歷，醫護人員一定要通報警方，而就算沒有這條規定，我也一定會報警。我需要幫忙，我一個人沒辦法克服、無法承擔，不管怎樣都想要對任何人開口求助。我拿起急診室的電話，撥了警察局的報案號碼，警察光聽到我的敘述就大吃一驚。沒過多久，兩名警察就出現在急診室，把相關人士都集合起來確認實際狀況，開始調查這起事件。很快地，他們就打電話要女子的丈夫前來。警察告訴我如果丈夫來了，會在現場先簡單確認一些事實，再把他押送到警察局。那惡魔現在出現了，就在我的面前。

許多人都知道這件事的來龍去脈了。因為不知道他何時會出現在急診室，現場變得戒備森嚴，彷彿他剛剛才出現過危害了自己一樣，人們就連站在門前也不願意。而在這之中是我最先感受到這樣的恐懼。

我設定好孩子適當的輸液量，一面觀察著她的狀況，也一面看著急診室的其他患者。霎時間，從門口附近傳來了某種不祥的氛圍。我趕緊結束手邊患者的治療，轉身往門口一看，從和警察講話的模樣看來，似乎是孩子的父親。我的心臟一驚、瘋狂地突突亂跳。但我有義務要正確地掌握事件的狀況，所以我放下手中的病歷表，收拾起我恐懼的心情，向他們走去。他穿著一條老舊鬆垮的褲子，配上一件不搭調的格紋襯衫，從他顯露出來的臂膀及整體打扮來看，外觀相當粗曠。他的臉看起來平凡無奇，可是卻擁有怎麼看都相當怪異的眼神，無法用言語形容。泛著寒意、銳利又漆黑的眼眸光彩像是與什麼互相交錯卻又扭曲，彷彿只要被那眼神盯著看上一眼，所有的人都立刻寒毛直豎的驚悚感覺。

「聽說你是孩子的爸爸。」

「不是，那才不是我的孩子。」

打從一開始，對話就出乎意料地不太順暢，於是我再次詢問。

「難道你不是剛才被送來急診室的孩子家屬，所以才接到聯絡電話來到這邊的嗎？」

「哼，拜託，她只不過是我同居的女人罷了，我們又沒有結婚，也不知道是和哪個混蛋生的孩子，為什麼我是那孩子的爸爸啊？」

「我們現在懷疑你有虐待兒童的嫌疑，不管你是不是孩子的父親，怎麼可以對孩子……你這樣的行為對嗎？」

「什麼虐待兒童？我又沒有結婚，那也不是我的小孩，也不是什麼虐待兒童，真的是找人麻煩耶。」

「難道你沒有打小孩嗎?」

「反正虐待兒童的事我沒做過，而且別人家的事關你什麼事啊，你這個傢伙。」

我放棄與他繼續對話，因為我實在太害怕，不想再問他任何事情了。如果這個人是一個能夠溝通的人，一開始就不會有這種事發生。審問這個人不是我的職責，但就算是現在可以立刻……雖然我的雙拳猛然緊握，但卻有一種奇異的恐懼向我襲湧而來。即使是現在也很想要親手處決這個惡魔，將他碎屍萬段，但對於沒有任何罪惡感、眼睛瞪得大大的人來說，又有什麼可以危害他的呢?就算打了加害孩子的那雙手，對他來說也不過是場沒有任何影響的小小騷動罷了，而且那既不是我該做的事，也不是我能做的事。我把工作交給了在旁邊盯著看的警察，畢竟確認孩子的狀態才是我能做的事。

做了一次深呼吸，再度回到監視螢幕前確認孩子的狀態，血液檢查的數值簡直慘不忍睹。看來不僅是身體上的暴力，孩子嚴重脫水，而且整體血液檢查的數值可說是相當淒慘的異常狀態。好端端的一條生命，卻似乎從多方面遭受有意圖的踐踏與毀滅。比起供給輸液、補充營養、好好地癒合骨折、維持引流管、持續觀察意識狀態並等待恢復，孩子最需要的是可以脫離這猶如地獄般的世界，得到安穩的保護。現在身邊連一位親人也沒有，被白色的牆壁四面圍繞著，只有機器一閃一閃的兒童加護病房，對這孩子來說，這似乎才是唯一能得到保護的空間。

我要求孩子住院，身後教會的人忙著寫住院同意書，不知道此刻惡魔是不是已被帶往警察局，現場已不見他的蹤跡。

一整天都有個似惡魔形象的影子，一直跟在我身後形影不離。那種感受即使到了半夜，急診室忙碌地像是戰場的時候，仍舊存在了好長一段時間，將我籠罩在陰森冷顫的氛圍中。我突然打了個哆嗦，驚訝地回頭一看，和他對話的殘影並沒有消失，我度過了一個恍若惡夢的夜晚。

飽受失眠與不祥的感受折磨，帶著蕭瑟低落的情緒迎接第二天。當職責一結束，熬夜的腦子就像被人緊緊綑綁。我擔憂且急躁不已地讓自己趕快打起精神，急急忙忙往兒童加護病房探視那生命垂危的孩子。加護病房為了阻擋外部人士任意進出，門關得緊緊的。我穿上防護鞋套與消毒好的罩袍後走了進去，看到一個個飽受痛苦折磨的孩子們躺在床上，各式各樣的管線與不幸插在那些小小的身軀上。站在他們之中，我東張西望地尋找昨天住院的孩子。

見到身為急診醫學科醫生的我走進加護病房，醫護人員立即清楚我要找的是哪個孩子，告知了孩子的位置。即使在那小小的空間裡，關於那孩子的故事也很快就傳了開來，那有著一雙漂亮眼睛的孩子獨占了護理師們的憐憫與疼愛。我走到了孩子的身旁，她仍舊維持著那模樣，但和昨天比起來，的確看起來要好一些。我向負責的護理師詢問了孩子的狀況。

「孩子的意識如何呢？」

「腦壓降下來以後，有持續好轉，可是醫生，孩子啊，奶粉……」

「沒什麼力氣所以不太喝奶嗎？」

「不是，實在太會喝了……孩子住院的時候，我們趕緊問孩子的母親，目前為止餵了孩子些什麼？她說因為不知道要餵什麼，所以就買了豆奶餵孩子，出生兩個月以來一直都是如此。生平第一次喝到嬰兒專用奶粉，孩子吃得非常香，給她多少全都喝掉了。」

「……」

「剛出生的孩子只喝豆奶要怎麼撐下去啊？而且竟然還殘忍地毆打這小小的身體，這孩子實在太可憐了。她這麼漂亮，護理師們輪班的時候都會抱一抱她。這孩子到底有什麼錯，為什麼要遭受這樣的待遇？怎麼可以對這麼漂亮的孩子下這種毒手……這世界真的太過分了。」

「法律應該會解決吧，現在最重要的是孩子，請好好照顧孩子。」

從我嘴裡吐出法律這些話，連我自己都有些驚訝，其實我不認為法律能夠解決這件事。在大人們的錯誤和社會制度的不合理之下，生命不管怎樣終究會活下來，即使像踐踏雜草般用腳使勁用力地踩踏，韌性堅強的生命仍會再度發出新芽。這樣年幼的生命，最終會帶著傷痕累累的身體勉強地逐漸恢復。

我轉過頭來，等到孩子痊癒為止，還有一大段坎坷的苦難正等著她。過於年幼的她，腦部受到如此嚴重的損傷，還不知道會留下什麼樣的後遺症。就算克服這一切，孩子也沒有地方可以回去，也許有好長一段時間都得被關在這白色的空間裡。一切如此茫然且無法預測，在這之後不知道會變得如何。雖然這世上善良的人如此多，但為什麼在眾多善良的人之中，竟會有如此惡毒至極的人存在呢？難道唯有如此，這個世界才算完整嗎？為什麼？到底是為什麼……我不斷反覆思考，又再度感到惡魔的身影逐漸靠近身後似的，嚇了好一大跳。如此壓抑的心情、能力不可及的許多事情，我返回急診室的步伐顯得萬分無力。在這件事之中，我只不過是一個無能為力的存在罷了。

제 4 장

醫病關係的形成

醫學院課程最後的階段，就是要輪流到每個科別去做醫院實習，這是為了將學習的內容實際應用於醫院實務。當時還是醫學院學生的我，最初到了小兒科見習。

見習的醫學院學生雖然也穿著白袍，但大致來說沒什麼事情可做，老實說是完全沒有。見習生主要的工作，就是站在旁邊觀察與學習這個科別的醫護人員如何工作，因此那天我們也照常跟著小兒科的教授一起巡診，穿梭在病房大樓之間。就像平時一樣，教授在小兒科病房依序巡視、診療自己的患者，接著搭電梯下樓去巡視另一名患者，我們則小心謹慎地跟在教授身後。

電梯裡有著形形色色的人，裡面剛好有位太太帶著一名孩子。這位太太似乎認識教授，見到教授很高興地打了招呼，教授也以笑臉回應這位太太。他們感覺不太像是教授診治的孩子和家屬，似乎只是因為診療而見過幾次面的樣子。禮貌的短暫寒暄後，不知道是不是氣氛變得有些尷尬的關係，這位太太馬上就把話題轉到了孩子身上。

「醫生，我家孩子最近總是一直病懨懨的樣子，可以幫我們看一下嗎？」

在下樓的電梯裡，再過不久電梯門就要打開了。若要看診的話，這裡既不是恰當的空間，也不是適當的環境，醫生也應該在準備好的診療室裡，有充足的時間面對患者，才能做出正確的診斷。所以才剛出來實習的我們在一旁仔細地觀察著，究竟在這麼短的時間內，教授會如何處置這樣的狀況。

但教授完全沒有一點猶豫，馬上就向孩子靠了過去。

「來，我們來看看吧。」

教授向那眨著眼睛、看來只有五歲的孩子伸出手，摸了摸他的額頭。特別令我印象深刻的，不是只用手摸摸額頭的程度而已，而是用右手完全貼在孩子的額頭，左手扶著孩子的後腦勺，像要完全感受整個頭部的樣子。孩子小小的額頭和腦部，甚至連眼睛都被教授的雙手覆蓋著，模樣真的非常可愛。彎著身子伸出雙手的教授，與靜靜站著的嬌小孩童的模樣，彷彿正在確認的，不是孩子有沒有發燒，而是孩子的心。教授以彎著腰的姿勢以及充滿關愛的視線，看了孩子好一段時間後，才開口說：

「沒有發燒耶，很不舒服嗎？」

其實這樣就相當充分了。這位太太並不是在要求正式的診療，以這麼短的時間內我們所看到的情景，教授已經充分表現出關愛及理解孩子的慈祥模樣。在擁擠的電梯裡，還能如何更了不起地向患者分享心意呢？短短的診療就這樣完美地結束了。這位太太請教授稍微看一下孩子的狀況，也得到了狀況應該還好的回答，太太表示了她的感謝，教授也爽快地留下祝福孩子健康的話語。電梯門一開，教授就邁著大大的步伐去探望他下一位患者。

將這一幕深深印在腦海的我，不知不覺中也成為了一位醫生。從一名原本伸手碰觸患者都會感到害怕的學生，現在搖身一變，成了每天獨自一人負責診療一百多名患者的急診醫學科醫生。每天的工作既多又繁雜，意想不到的事三天兩頭頻仍爆發，將死的人們隨時都會出現在眼前。那些發著高燒或飽受苦痛而湧入急診室的人，由於其他狀況更危急的人登場，而必須在一旁等待，這時候傾聽那些患者的控訴與憤怒、理解他們，也是我的工作。

每當遇上這種時候，我的腦海中總會浮現教授用手測量體溫的那個場景。成為醫生的我，得知用機器量體溫才是最精準的；而醫生的手由於自身溫度，在評估體溫時並不精準正確，只能大概判斷熱度。隨著經驗累積，醫生的手能大概區分體溫是過高，還是正常但稍有熱度的狀態。但把手貼在患者的額頭上，重要的並不是為了精準掌握患者的體溫。

我一天裡有好幾次必須靠近躺在病床上的患者，與患者近距離地交換眼神，當下可以感受那名患者由於長久的等待而略顯吃力，或是不知道帶著何種心情想對著姍姍來遲的我控訴。這時候，我就像是習慣似的走近患者，將手掌緊緊地貼上患者的額頭，就像在狹窄電梯裡的教授一樣。如此患者會從額頭上傳來一絲溫暖，剛才急促奔走的汗味和熱氣迎面撲來。

「真抱歉我來晚了，是哪裡不舒服呢？」

然後，我會靜靜地體會患者的心情，感受以同為「人」的角度向那名患者大步走去的感覺。

「肚子痛所以來醫院。」

「喔，體溫也好像有點高喔。」

你又怎麼討厭得了剛才分享了自己體溫的人呢？又怎麼不能理解現在手貼在自己的額頭上，一起分享著溫度的這個人呢？當我繼續與他們對話，看見他們的表情變得安穩平靜，我傾聽他們的需求，透過貼在他們額頭上的那隻手傳達彼此的心意，直接傾聽患者們的心聲，分享他們的苦痛。每次我都會想起當時的景象。在這混亂紛擾的縫隙之中，在面對患者短短的時間內，大步地邁入他們的內心深處，摸索著對方的心意，這時對待「人」這件事才真正開始。

제 5 장

第一天的實習生日記

手機震動了，雖然是陌生的號碼，但跳出的簡訊一眼就能讀完。「三小時之後，第一加護病房入口。」我關掉手機，將書籤插入正在閱讀的書中，從座位上起身後，預感這會是一個茫然的開始，我緩緩地整理起衣物。

二〇〇九年二月，我在大學醫院開始實習。透過抽籤，很快決定了第一個月必須得在神經外科度過，接著是極為短暫的等待。雖然是成為醫生後到第一間醫院上班的日子，但並沒有什麼正式的簡訊或是盛大的歡迎會。「三小時之後，第一加護病房入口」的簡訊中，沒有華麗的詞藻，就只有語氣簡短的字句。到那裡之後，就要開始展開一年漫長的旅程了。從到達第一加護病房前的那一刻開始，就不知道何時才能下班。官方說法是實習生一週可以到醫院外面一次，但對一名剛進醫院的實習生來說，是否能得到休假還是個未知數，更何況神經外科又是在實習生活中最惡名昭彰、最累的一科，至少也有十天沒辦法離開醫院一步，只要一想到這些，就連一次都沒穿過的衣服我也伸手拿了過來。

整理好行李箱後搭上了地鐵，人們看起來既沒有不舒服也感覺相當祥和，十天之後，人們還是會像現在這樣祥和。這麼一想，我就感覺從現在開始沒什麼可以做的事了。但我要承擔的世界與這個地方無關，從現在開始，我只會在醫院裡看、聽、行動，帶著茫然的心情觀察著面無表情的人們，看起來並非幸福也非不幸，馬上就要到達醫院了，約定的時間剩下三十分鐘。

進到分配好的實習宿舍，裡頭混雜了原本的實習醫生和新進的實習醫生，配置相當凌亂。我找了一個比我高、比我肩膀窄的鐵櫃放入為數不多的行李。環顧房間，上下兩層的床鋪共八張，是一間十六人共用的房間。我從中挑了一張空床並貼上寫好的名字，將幾件衣物放了上去。床鋪上鋪著亞麻床單，印著已經褪色的哥德字體，寫著醫院名稱。接下來的五週內，我必須在這個位置入睡、起床，如果我有時間睡覺的話。

第一加護病房的入口大門緊閉，我等了一會兒，一位亂髮蓬鬆、身材微胖的住院醫生穿著敞開的白袍，衣角隨著步伐飄動地走了過來。

「新來的實習生嗎？」

「是的，請多多指教。」

「嗯，已經知道我的電話了吧，就照著學過的來做事吧。」

「是的，我知道了。」

簡短的對話結束之後，住院醫生匆匆忙忙地往來時的方向迅速離開不見蹤跡，這就是漫長工作的開端。

我打開了一旁的電腦，那過於嶄新亮白的白袍以及緩慢不熟練的指法，任誰一看都知道是新來的實習生。我生疏地把神經外科的住院患者分類排列好並確認患者名單，加護病房有十五位患者，普通病房有四十七位患者，現在只要解決這些患者的呼叫就可以了。就算是新進的實習醫生，負責的工作也不會有什麼特別或是不同之處，只不過就是之前實習醫生做的事，現在變成新進的實習醫生負責，不會有任何的層級變化。醫院裡的工作就像車輪一樣轉動，我成了車輪上的一小部分。如果這小小的一部分足夠平滑，車輪也會轉動得很順暢；如果有稜有角，則會讓車輪發出爆裂的聲響。

呼叫並不會因為你是新進的實習醫生就晚點到來，當然也不會就此早點來。在確認患者名單到第三位左右時，第一通電話來了。只說第二加護病房裡有工作，相當簡單的內容。一走到護理站，就立刻有一位第一次見面的護理師認出我來。

「是新進的實習醫生吧？十七號患者剛才過世了，請幫患者整理一下頭皮。」

不知道十七號床的患者是原先就胖胖的，還是長期躺在加護病房造成全身浮腫，她是一位身材肥胖的老奶奶。由於才剛過世，大體體溫還沒有冷卻，睜著失去焦點的雙眼，全身膚色已經變黑，一旁放有一組針線和去除釘書針的工具。我先闔上老奶奶的眼睛，將頭上包裹紮實的紗布與繃帶除去。不知道她動了什麼手術，有著一個大大十字橫越整塊頭皮，約有一百個左右的釘書針釘在上面，全身上下都可以看到住院生活才會有的大大小小擦傷，亂七八糟地懸吊著什麼都進不去的中央靜脈管和動脈管。

由於我是新進實習醫生，所以加護病房的護理師跟著過來，向我說明工作內容。

「大體不可以有鐵釘在上面，請全部拆除整理好，裂開的部位請全部重新縫合。這些管線也請全部整理好，會有些血流出來，所以這些地方也得要縫上一針。家屬們正在等待，請盡快處理。」

「是的，我知道了。」

我戴上手套，把釘在發黑的光禿禿頭上的釘書針一根一根拔起，大體的頭髮明顯平常就被剃得乾乾淨淨，但可能臨死之前又長出了一些，黑色的毛髮有些冒了出來。一打開頭皮，斷面的地方有著極短的頭髮稀疏地扎在上面，蒼白到發青的那張臉，頭皮漸漸裂開而露出了頭蓋骨，整體看來相當怪異。

很快地，原本支撐老奶奶頭皮的力量消失了，頭皮裂開了，雖然滲出暗紅色的血水，但因為患者已處於死亡狀態，所以血沒有流動，而是緩緩地逐漸凝固。我拿著紗布小心翼翼地擦拭著血水，沒有血壓，血水沒有任何抵抗地被紗布吸收，現在頭皮上只看得到些微的血色。接著，我翻來翻去、最後拿起那些沒用過幾次的針線工具。實習醫生的縫合手法並不熟練，醫院也不可能輕易給實習醫生直接縫合活人皮肉的機會，但像這樣已經死去的人的傷口，不管是誰都不會太在意，因為再過不久就要燒掉了，所以就交給生疏的菜鳥負責。雖然是一個很好的練習機會，但想到身為醫生看的第一位患者，是一位露出頭蓋骨、已經死掉的人，我並不覺得有那麼幸運。

雙手微顫，我將頭皮重新聚攏在一起，試圖恢復原來完整的模樣，但非常地吃力。我靜靜地看了一下那模樣然後放開了手，先拿起一根已經穿著粗線的針，插在剛才看的頭皮邊角上，雖然有些鈍，但針頭還是很快就穿過了皮膚。我將針抽出來、穿過另一邊的皮膚邊角，在上面打了一個學生時期學的不熟練的結，只縫了一針讓頭皮兩側勉強地聚合，但相當不牢固，隨時有再度裂開的危險。在這之間，我還能清楚地看到白色的頭蓋骨。患者一動也不動，與其說是人，不如說是在縫合某種物體。

不管用什麼方式來縫合，患者都無法抗議。我以我那不純熟的手法，用鉗子和雙手開始一針一線地穿過剩餘的頭皮，把裂開的部分縫得不甚美觀，但只要兩邊裂開的皮膚被強行縫合在一起，我的工作就算完成了，這身皮囊會用紗布和繃帶再度包裹起來後被燒掉。我一邊偷偷感到慶幸，一邊用著生疏的手法將剩餘部分鬆散地縫合起來。為了要蓋住頭蓋骨，以鋸齒狀的Z字型將頭皮縫合，已經死亡的頭皮顯得凹凸不平，雖然不太滿意，但總算是把整理頭皮的事情做完了。白袍口袋裡的手機從剛才就開始響動。

縫合頭皮的工作完成之後，我將患者的動脈管和靜脈管拔掉。果不其然，毫無生氣的暗紅色血液流了出來，但隨即就停止了，我緩緩地縫上一針作為結束。終於，整理這位患者的所有工作告一段落，患者已經完美地與冥府連結，不會再找醫護人員了。這是我拿到執照後施行的第一次醫療處置。我連沉浸在感動的時間都沒有，脫掉手套，剛才有一通未接來電，肯定是醫院打給我的電話，回撥這通未接來電，是病房那邊打來的。

把手洗乾淨，我正準備上樓到病房那邊，剛才那位護理師大聲地叫我。

「醫生，這邊還要做動脈穿刺抽血和鼻胃管插入，得全都做完才能走啊。」

以動線來看，這樣是對的，因為要採取血樣，所以我過去拿起了針筒，走向剛才那位老奶奶的對面病床。走近一看，整體的感覺和剛才過世的老奶奶十分相像的另一位老奶奶正躺在病床上。雖然是不同的臉孔，但吊著一大串的管線，頭上也纏著繃帶，以及那腫脹的身軀，看來是有著相似的病歷吧，差別只在於這位患者還沒有死而已。為了要抽血，我往患者的手腕看去，雖然沒有意識但身體還是會動來動去，因此患者的手腕被亞麻繩緊緊地綁住。我把繩子移開後，看到密密麻麻的黑點，那些是之前的實習生刺穿動脈、採集血液的痕跡，許許多多的黑點隨著動脈的走向看起來像是排成了一列。因採集血液而形成過多黑點相比，手腕部位則顯得蒼白並漸漸腐爛的樣子。而我，還得在這個部位再多戳一個洞才行。

我用左手第二根和第三根手指摸索著手腕外側、找出動脈，右手握著細細的針筒直直地插入手腕，針頭戳入了手腕，但果然我對動脈抽血還很生疏，已經躺在加護病房很久的老奶奶的血管總避開針頭、藏了起來。不知道是不是感覺到疼痛，被綁起來的手臂左右晃動，沒有意識的老奶奶表情激烈地扭曲著。成為醫生之後，第一次的動脈抽血想當然爾自然是失敗了，拔出了針頭、用酒精棉花壓著手腕止血，小小地深呼吸一下，剛才在手腕上又多增添了一個沒有意義的洞。

等待止血的時候，剛才過世患者的家屬們湧入病房，開始悲悽地哭泣。令人驚訝的是，明明沒有任何人教過哭泣的方法，但人們表現悲傷的方式卻如此相似，以較高的音調和類似的言語，十多位中年男女各自哭喊出自己的哀痛情感。不管是誰、以何種方式死去，留在這世間的人就會如同約定好一般地哭泣。腦中想起了以後，又或是更久以後，我也會因為剛才所做的醫療行為，為這樣的哭喊聲貢獻自己的微薄之力，便短暫地在腦海勾畫了即將來到的慘澹未來。

再度拿起針筒，嘗試第二次的動脈抽血。悲悽的哭聲絲毫沒有減弱，那聲音和四面全白又孤獨的加護病房背景，搭配得如此和諧。現在我所負責的，是還活著的患者的血管，但這次血管也避開了針頭。第三次嘗試時，我拿著針插入手腕中，在組織裡翻攪，好不容易才找到動脈。止血後拿下了棉花，再加上我剛才留下的三個洞，手腕上刻印的黑點看起來又更多了，彷彿開了一朵不祥的黑色花朵。

我把動脈血放入機器中分析血氣數據，不知不覺已經不再聽到哭聲了。我轉頭往十七號病床看了過去，原本那位老奶奶躺著的位置已經被整理乾淨，取而代之的是一條剛洗好、看起來有些粗糙的白色亞麻床單。在這樣短短的時間裡，全都消失了，就好像剛才什麼事都沒發生過一樣，突然之間，這裡的床好像會在神不知鬼不覺中，默默地把躺在上面的人給蒸發掉。那麼躺在這裡的人到底是活著，還是死了，幾乎沒有什麼差別，這只是放置在這空間床鋪上的一個蒸發過程罷了。

為了下一步驟的工作，我拿起了一組鼻胃管工具。插鼻胃管就是在人的一側鼻孔中，插入一條約小指頭粗細的管子，讓長長的管線直通胃部的一項工作，患者透過這條管線被餵食。我拿到的鼻胃管工具上，寫著一位陌生男子的名字，並標上十四歲的年紀。我拿著這組工具向患者走去，患者的頭型就像是想要正確地對齊但卻失敗了那樣凹凸不平，身軀幾乎連一點肉都沒有，只剩下可以清楚看見骨頭的模樣，眼睛也被塗上過多的眼膏，一雙眼睛看起來霧濛濛地凸了出來。

剛才的那位護理師站在我的身旁。

「這孩子，會很不容易喔。因為鼻胃管已經插太久了，所以常常掉出來。昨天實習醫生說他沒辦法，說讓新進的實習醫生負責，所以這孩子已經餓了一天沒東西吃了，這次請一定要放進去。」

雖然實習醫生的工作沒有什麼分別，但昨天那位實習醫生已經經歷了一年的實習生活，而我今天才剛報到。再加上鼻胃管插太久的話，鼻孔內測會有發炎的情況，而發炎的情況擴散開來，就會堵塞鼻孔使管道變得更加窄小，不管用什麼方法都很難插入鼻胃管，我實在認為以我的技術難以成功。

但我是第一天上班的實習醫生，吩咐下來的事不管怎樣都得做。我先在管子上塗滿膠狀潤滑液，從孩子左邊的鼻孔慢慢推入。孩子沒辦法說話，身體也沒辦法動，只是些微地反應出疼痛，管子像是毫無阻礙、豪邁地進入了鼻孔，卻從孩子的嘴稍微露了出來，我抽出管子詢問護理師：

「這孩子的病名是什麼？」

「十三歲的時候，畸形瘤（受精卵分裂的過程中混合組織所產生的囊腫）破裂。」

如果畸形瘤破裂成了現在這狀態的話，那麼自破裂的瞬間到現在為止，狀態應該始終如一，通常像這樣意想不到的疾病，也不可能會提前做任何的檢查。從那猶如偶然般的破裂瞬間開始，這孩子就只能用沾滿了斑駁眼膏的雙眼，看著一片模糊不清的世界。我再度將管子沾了滿滿的膠狀潤滑液，從左邊鼻孔戳了進去，孩子的肌肉僵硬地一動也不動，些許眼淚從左邊眼球塗滿了厚厚眼膏之間的縫細中擠出、流了下來，眼膏被淚水稍稍沖刷，露出了孩子的眼睛。這雙眼睛一年來完全沒有闔上，原本眼白部位的白色完全消失，取而代之的是鮮紅的顏色。

如我所料，插管的工作並不順利。我抱持著一定要讓孩子吃到飯的信念，輪流試著戳左右鼻孔，孩子的一雙眼睛就像下雨般流下淚水，與其說他感到疼痛，倒不如說只剩下這樣的反射動作，但這算是這孩子唯一還存在的證明了。鼻胃管不斷反覆堵塞或從嘴裡穿了出來，稍微張開的嘴唇之間散發出了惡臭，孩子的眼膏也已全被淚水沖洗乾淨，露出的鮮紅雙眼狠狠地盯著虛空，真是殘酷的景象啊。透過管子，我感受到畸形瘤內部傳來的孤獨，而且彷彿聽見了耳邊傳來孩子無言的哭喊。

不管怎樣，對現在的我來說，插鼻胃管是一個過於困難的技術。我放棄了，將鼻胃管隨手一丟。

「下一次來的時候再試試看。」

護理師拿起放在一旁的眼膏，在那雙發紅的眼睛塗上厚厚一層，好像沒聽到我說的話。我轉過身來，想起了如果我不做，就沒有人可以幫這孩子插上鼻胃管的事實。在我插管成功之前，這孩子得無止盡地挨餓，一想到這孩子全身瘦到剩下骨頭的身軀，我的肩膀就感到相當沉重。我穿上嶄新且硬挺的白袍，移動腳步往病房走去。

第一次見面的病房護理師也一眼就認出我了。

「您是新來的醫生吧，有幾個患者需要 dressing（消毒並用繃帶包紮）。」

我隨手拿起工具就往患者走去。第一位患者也和躺在加護病房的患者沒有太大的差異，只是狀況看來比較穩定。我站在患者身旁，望向對醫院生活已經無限疲憊的家屬，以一臉「喔，新來的實習醫生啊」的表情替患者翻身，我才看見患者背上貼著一塊大大的紗布。

「這位先生的褥瘡很嚴重啊。」

我將那一團紗布拆了下來，混雜了放很久的消毒藥水與皮膚潰爛的一股惡臭撲鼻而來，不一會兒，連卡在潰爛皮膚裡的紗布全都拔除乾淨了，陳年褥瘡全都顯露了出來。在凹陷的坑洞裡，有一塊塊發黃的膿崁在暗紅色的潰爛肉塊中。在這之間，白色的脊椎骨像從肉堆中探出頭來似的稍稍現身，看起來就像隕石墜落，破壞了肉堆砸出一個洞。與其說這患者得了褥瘡，倒不如說他失去了肌膚與肌肉，會是更恰當的表達。

我拿著一塊沾滿紅色消毒藥水的大棉球，往裡頭仔細擦拭，在他背後像是在挖他的肉似的。他全身掙扎抽搐著，比起加護病房的患者，他的意識要來得清醒許多。笨拙的刺激接連不斷，他的手腳以窄小的角度緊緊擰在一起，還開始不停地排便。我戴著手套對家屬說：

「如果排便的話，傷口可能會有感染的危險，可以麻煩您先趕快清理一下好嗎？」

「真不好意思，我先生他最近便祕很嚴重……」

家屬像是早有準備，以很快的速度用尿布來接不停滑落的糞便，原本充滿酸腐味的寧靜病房，現在更是瀰漫著一股陳舊的屎味。家屬在接了最後的糞便後，把肛門擦拭乾淨。我在那像火山口的褥瘡凹洞中，塞入了一大坨消毒的紗布，並且用膠帶封了起來，現在暫時不用再擔心便祕了。

又做完了三個dressing後，我從病房裡走了出來，笨手笨腳地打開電腦，再次確認起患者名單。電腦告訴我，我所負責的加護病房患者在這段時間裡增加了一位，普通病房患者則增加了兩位。我轉過頭，看了一下手錶，醫院工作第一天從開始到現在，才過了一個小時，有一種與未完的陰謀互相爭鬥的感覺。口袋裡的手機又再次響起，忽然之間，原本環繞我的四面白牆，變得昏沉又陰暗，彷彿籠罩在一片漆黑之中。

제 6 장

只有一顆腎臟

急診室冷冷清清，人們平靜地躺在病床上，工作就像是彼此精準咬合的齒輪那般順利運轉，我不疾不徐地收拾整理著急診室。只要稍微有些空檔時間，我就會在腦海條列整理出最有效率的工作方法。我會把患者或是家屬叫來，緩和地和他們解釋病況，告訴他們必須得注意的醫囑，以及該做的事。之後，理解狀況的人們回到他們的位置，而我接下來就能轉身去做別的事，做出其他病例的判斷，這就是風平浪靜、順利運作的急診室工作日常。

我拿起剛才替二十多歲腹痛男性拍的ＣＴ照片，一張張專心地看著，為了確認病患是否得了急性闌尾炎（俗稱盲腸炎）。整體來看，腹腔內部並沒有什麼異常，只要找到闌尾的部分看看有沒有發炎就行了。每天約有三十名左右的患者由於腹痛而來到急診室，在這之中有百分之三十至四十左右會做CT檢查。CT檢查往往用來確認患者是否罹患急性闌尾炎，或是觀察嚴重的腹膜炎、腸炎的狀況，外傷或者當醫生認為患者狀況不太妙的時候也會使用。向患者說明要拍攝CT之後，要先請他們簽下一堆有的沒的同意書並繳納費用，隨後患者就自己走進去、或躺在病床上被推進去，暫時躺在那孤獨的圓桶裡，不久後就能確認CT照片了。打開畫面，手指滾動著滑鼠，來到符合目的地的部位後進行判讀，確認整體有無異常後，依據照片的狀況和患者或家屬說明就可以了。這項工作只要毫無誤差大約做十二次左右，一天的工作就結束了。

我看著畫面、機械式地找到了闌尾。由於不是重症病患，所以也不怎麼著急，指尖顯得相當從容悠哉。找到的闌尾部分被拍攝了三個鏡頭，在那張黑白照片上，不但沒有炎症，反而顯得柔軟漂亮，只是周圍看起來出現部分腸炎的狀況。腹痛通常是因為一般的腸炎，所以原本懷疑對方罹患急性闌尾炎的想法是錯的。但是沒關係，因為從懷疑到確診為闌尾炎，透過CT證實的比例只有百分之三十至五十左右。如果為了將這機率提高為百分之百，遇到某些模糊曖昧的狀況卻省略CT檢查，結果卻錯過真正的闌尾炎患者，可能會造成患者從闌尾炎擴散成腹膜炎。所以一旦懷疑患者罹患闌尾炎，無條件做CT檢查才是安全的做法，這個科學上的比例誤差是不可避免的。現在我可以完全沒罪惡感地對家屬說，幸好只是一般的腸炎，不需要動手術，只要好好按時吃藥、休息就可以了。我在腦中整理好這樣的想法後，招招手呼喚家屬，然後我再一次確認整張CT照，突然發現患者右邊腎臟的位置竟然是空的，滾動了幾次滑鼠結果仍然相同。這時剛好家屬走到我身邊，我想應該向她確認一下這件事會比較好。

「請問是患者家屬嗎？」

「是的，我是他媽媽，結果怎麼樣了呢……」

「沒什麼大礙，幸好闌尾的部分沒有發炎、相當正常，只是一般腸炎，所以只要服用抗生素，加上好好休息就會好多了。不過，想請問一下，不知道您是否知道您的兒子只有一顆腎臟的事呢？」

「嗯？第一次聽到醫生這樣說，這是什麼狀況？沒有關係嗎？」

由於沒有動過手術的痕跡，病歷上也沒有特別記載，所以家屬的回答在我預料之中。沒有症狀所以在不知情的情況下偶然發現，這種案例時有所聞。

平均約七百五十人之中就會有一名只有一顆腎臟的人。每天看十二次的CT照片，我的經驗是每工作六十天左右就會看到一名這樣的人。但因為不是每天都上班，所以一年裡大概只會見到三名，而在這之中的某些人先前已得知自己只有一顆腎臟，所以由我來第一次告知這項診斷的狀況相當罕見。我雖然曾短暫想過，要在什麼時機將這件事作為一個診斷的結尾來說明，但現在已經不重要了。她已經知道了，我只要對這件事做簡單的附加說明就行。我在腦海中整理了一下，向她開口：

「不是什麼大問題，一般人會有兩顆腎臟，分別在左側和右側。但看看這邊，您的兒子只有左邊有腎臟，右邊腎臟的位置是空的，看來應該是先天只擁有一顆腎臟的人。這對健康沒有立即性的影響，但我猜想您可能不知道，所以才會想和您說一聲。」

「那麼孩子最近總說肚子很痛，很容易覺得壓力大，是因為這件事造成的問題嗎？」

「不是的，只有一顆腎臟和腹痛、壓力完全沒有任何關聯。」

「但是為什麼會變成這樣呢？」

「這是由於胚胎發育過程不完全的關係，簡單來說，只要想成有部分的人天生就是如此就可以了。」

「這種事大概幾個人之中會發生一個呢？」

「大約七百五十名中會有一名。」

「七百五十名中會有一名，那為什麼偏偏是我兒子呢？」

「難免會有這樣的人，就像是有的人出生下來就有不治之症，有的人天生就是如此。」

「這樣的話不是不好嗎？」

「雖然沒有什麼好處，但是一輩子平安無事活得好好的人也相當多。」

「比起一般人少了一顆腎臟，這樣也沒關係嗎？」

「只是可能出狀況的機率高了一些而已。即使只有一顆腎臟，只要機能維持正常，是不會有什麼大礙的。」

「機率，就是機率會比較高，不是嗎？這樣的話，這一顆如果發生了什麼問題，不就糟糕了。」

「嗯，如果遭遇這樣的狀況，結果的確不太好。」

「反正說來說去，結果還是比一般人差，不是嗎？為什麼我家兒子天生會有這種問題呢？是不是生孩子的時候，我做錯了什麼？」

「和這個一點關係也沒有的，總之您的兒子只有左邊一顆腎臟，目前也不需要做任何的治療，只要清楚狀況就可以了。如果以後腎臟機能變差，或萬一受傷，必須得要立刻處理，在這種前提下，事先知道情況總比不知道來得好。」

「嗯……好的。」

家屬看起來似乎已經接受了，不，與其說接受，倒不如說我只是一個單純的通報角色，所以她也沒什麼話好反駁。我既不能為患者多加一顆腎臟，也不可能保證他的生活一帆風順、平安無事，再問下去也沒有意義。就這樣，人們嚥下許多還沒說完的話，從我身邊轉身離去。

人們可能一輩子不知道自己只有一顆腎臟，就這樣一直生活下去；也可能因此遭遇坎坷崎嶇的事，從而陷入了絕路。如果對此全然不知就這樣過活，可能一輩子都不會有和我見面的機會；但如果遭遇艱險難關，就會與我再次相逢。通常來到我面前的人們，大多數都處於那崎嶇坎坷的情況，雖然對偶然發現自己只有一顆腎臟的孩子感到有些抱歉，但對我來說，卻只是祥和平靜的工作中所見的一部分而已。

患者的母親可能從未想過健康兒子的腎臟或心臟會有什麼問題，雖是在自己的肚子裡養大的，但卻無法親手替孩子做出腎臟或心臟這類的器官。從這個觀點來看，身為母親的她能徹底擺脫那一份內疚嗎？即便是七百五十分之一的機率，她不知道也不管別人的腎臟有幾顆，她只知道兒子的腎臟只有一顆而已，只有這是她所獲得的事實。如同擁有兩顆腎臟活在這世上的另外七百四十九個人，原本也以為自己的兒子擁有兩顆腎臟，但從現在開始，就得過著一顆腎臟的生活。即使如此，如果對身體沒什麼特別影響的話，是不是該說沒關係呢？還是我該告訴他們，這在人生當中又有什麼樣的意義呢？對我來說，每天經歷十二次的CT，發現百分之五十至七十的患者沒有闌尾炎，觀察到他與其他七百四十九名理所當然擁有兩顆腎臟的人的不同，作為通報者的我，究竟該用憐憫不幸的神情傳達，還是得帶著心平氣和的神情傳達呢？

我再度往患者母親的方向望去，這位母親面對那連自己剛才都很難接受的事實，此刻卻不管怎樣都得要對兒子說出口。她若有所思、不自然的模樣，站在兒子身旁吞吞吐吐。突然間，那道背影，就像一輩子得獨自度過一生的孩子的左腎，顯得如此孤寂。

제 7 장

被烈焰吞噬的七名男子

陰沉冷清的工業園區一側，響起了巨大的爆炸聲，走在街道上的行人們被嚇得突然停下腳步站在原地。很快地，發出巨大聲響的地方燃起了熊熊烈火，人們看著搖曳的火焰，發現那是一家製造化學物質的工廠。現場圍觀的民眾湧入，響著震耳欲聾警鈴聲的巨大消防車立即圍繞四周，接著消防隊員們急急忙忙拿出水管，只要施以粗大的水柱，猛烈的火勢很快就會消失。現場留下一堆無法辨別形體、被燒得焦黑的物體，顯得一片狼藉，建物內被燻黑的鋼筋滴滴答答地落下水珠，最後留下醜陋殘破的模樣。如此一來，在工廠主人從保險公司那獲得保險金之後，只要重建就行了，圍觀的民眾這麼想著。

但這場爆炸沒辦法用這樣的方式來簡單說明，因為就是在爆炸現場眼睜睜看著爆炸發生的人們，讓爆炸這件事變得更加複雜，而且不只是一、兩個人而已，有七個人在場，他們無法預測這樣的爆炸，就只是站在原地。當他們聽到轟隆巨響，反射性地把視線轉向巨大的機器，但連頭都還沒轉過去，就感到一陣刺痛的熱氣和一股巨大的壓力，就像要把他們的身體折成一團。爆炸將工廠裡的空氣全都吸了過去，剎那間又一股腦地全都吐了出來，他們七個人的身體就像輕薄的紙張般飛了起來。這一瞬間，無疑地吞噬他們今後的人生，過了那一剎那才開始感到疼痛，但這個順序，對他們而言並不重要，因為當時站在那位置上的事實已過於致命。

我度過了相當不尋常的一天。這個地方常發生許多荒謬的事，讓人錯以為這世界原就如此，人類的肉體本來就會經歷破碎和枯萎凋謝的過程。於是，每當我面對這在人間演奏的不幸變奏曲，我能眼睛眨都不眨地堅強接受這一切。但今天是一個特別的日子，在一小時之內，有三個頭破血流的人接二連三被送到急診室：其中一人當場死亡，另一人現在躺在加護病房，似乎能繼續活下去，剩下的最後一名正要被推進決定生死的手術房裡。雖然並不常見，但我想總有一天會發生這種事。這時有一個腹部被刀砍傷的瘦削男人，緊抱著自己的肚子進到急診室，幸好他的傷口只有一處。雖然一刀把人殺死的事並不多見，但這個傷口在腹部的正中央，連插入手指確認的傷口深度都顯得不樂觀，我很快就發現砍進他身上的刀，不偏不倚地把上腸繫動脈完全割斷，所以他瞬間立刻失去意識與血色，甚至還沒靠近手術房，就抱著被鮮血撐得大大的肚子死去。

我將現場處理過後，剛出來就有一名斷了兩根手指的男子，以等了太久為理由，將剩下的三根手指聚在一起，指著醫療人員飆罵。被截斷的第四根與第五根手指的末端不斷地湧出鮮血，灑落急診室一地，我急急忙忙從冰桶裡拿出他帶來的兩根手指，試著對準空下來的位置，看來似乎可以接得回去，但緊急手術房裡正在做開顱手術，他的手必須包紮好繃帶到其他醫院診療才行。他用那另外一隻完整的手，提著裝有他兩根手指頭的袋子往急診室外走去，用他剩下的三隻手指再度毫不客氣地指向我說：

「我已經把你的臉記住了，如果我的手指不能用的話，我會再來找你，把你殺掉。」

被討厭的感覺很糟糕。我眼前因各自的緣由而感到痛苦的三十名患者，現在分別躺在病床上平靜地滾動著，我為了抹去腦海中剛剛爭執的殘影，假裝沉著冷靜地為剛來的腹痛患者治療。

就在這時候，另一邊傳來一種很奇異的騷動，三台擔架推床接連滾動著車輪被推了進來，一股相當刺鼻、像是燒了什麼東西的焦味，瀰漫了整個急診室，瞬間這裡就像火災現場一樣。我向面前的患者說了聲「抱歉」請求諒解後，就往急診室的入口跑去，窄小的推床上躺著一名全身赤裸的男子，他被燒得面目全非，完全看不出原本的樣貌。全身焦黑的他，手與腳以一種奇妙的姿勢伸向空中且劇烈地顫抖著，皮膚上還沾黏了一些沒燃盡的纖維，由此可見，他原先是穿著衣服的。後面兩台推床上各自躺著一名男子，與前面那名男子沒什麼區別，一模一樣的姿勢，同樣被火燒得面目全非地推了進來。這狀況根本沒辦法一次處理啊，我對著最前面的急救隊員大聲喊：

「難道不知道像這種全身重度燒傷的患者只要送來一位，我們急診室就會陷入癱瘓嗎！一開始就應該把患者們分開送往不同地點才行啊！後面兩名患者必須送去其他醫院，立刻！」

渾身被煙燻得一塌糊塗、以親眼目睹地獄的眼神看向我的隊員，就像等待了許久似的對我以更大的聲量吼叫：

「七個人！爆炸現場像這樣的患者有七個人在打滾著！四名患者已經送到其他醫院了，我們只送了三名來這裡啊。」

那一瞬間，我心想：「原來災難降臨了這座城市啊，現在這城市所有的急診室全都癱瘓了，但這些騷動比起在現場那七個人所遭遇的事，根本就微不足道啊。現在我必須鑽入地獄的隙縫之中。」我用溫順的聲音回答：

「請進來吧，全部，請讓他們在這邊並排躺下。」

集中治療室裡可以安排的位置只有三個，因此原本獨自躺在治療室裡的敗血症老奶奶必須把位置讓出來才行。沒有意識的老奶奶被急忙拉了出去，三台擔架推床接連進入了治療室。原本在急診室的所有醫護人員，五、六名冒著現場黑煙與熱氣的急救隊員，以及那根本無法稱之為「人樣」的三名男子全都進了集中治療室，擠成一團的混亂開始。推著推床進來的急救隊員，表情全都皺成一團，在那大火尚未被熄滅的廢墟，被燒得面目全非一個個在地上痛苦滾動呻吟的七名男子，呆望著那慘不忍睹的景象，他們根本連仔細觀察的時間都沒有，就衝進去把人扛著飛奔出來。

醫療人員脫了白袍一丟，準備把三名男子各自抬到醫院的病床上。三名漆黑形體的姿勢實在太相似了，被燒傷的部位只要輕輕一碰都痛苦萬分，全身嚴重燒傷這可非同小可啊，但我們人類沒辦法不倚靠自身的任何部位讓自己懸空，所以本能地會採取一個姿勢讓自己盡可能不碰到任何東西。他們把背靠在床上，兩隻手臂平行地向前伸，膝蓋彎曲並將雙腿抬起，像是躺在床上的半蹲姿勢，將脖子僵硬地縮起來的姿勢。但即使以這姿態也沒辦法阻擋來自背部的劇烈疼痛，他們每個人口中都吐出微弱痛苦的呻吟。他們才剛從熊熊火焰中走出來，但大火不僅燒掉了他們的皮膚，也帶走他們身上所有的體液，現在全身的軟組織都裸露了出來，甚至體溫也正急遽下降。現在他們飽受刺骨寒冷的折磨，伸向空中的四肢就像狂風中的樹葉般不停地顫抖著，當醫護人員一碰到他們剝落的皮膚，將他們抬到醫院的病床上，他們就會依序發出瀕死的慘叫悲鳴。

三個人整齊地躺在集中治療室，彷彿將整個地獄搬了過來，他們全身冒著嗆鼻的濃煙，肌膚被燒得像碳一樣的焦味陣陣撲鼻而來，籠罩在極度疼痛中的人不停顫抖，使得病床的輪子跟著晃動地嘎嘎作響。戴著手套的醫護人員站在他們之間，面對生平第一次如此慘不忍睹的場景，顯得不知所措，不知道應該先做什麼才好，只是呆愣地望向我。當爆炸直接燒毀人類的那一瞬間、醫學上複雜的計算方式、以及面對人類生命時的本能糾結全纏繞在一起，我簡直快要瘋了。突然，腦中閃過了一道光，像是什麼代替我開口說話一般，我開始迅速向醫護人員交代接下來的醫療處置。

「首先準備三組維持氣管器具、三組供給輸液的中央靜脈管，掌握一下醫院有的乳酸林格式液（治療燒傷時所使用的輸液）數量，全都拿過來，每名患者每小時必須輸液兩公升以上才行。還有，現在立刻叫人把移動式X光機拿來，準備施打抗生素、破傷風針，剩下的就拿提桶舀溫水，用肥皂水幫這些人全身擦拭，除去汙染的部位，塗上燒傷藥膏後，替他們做dressing。」

當我的話一說完，醫護人員們立刻為各自負責的工作奔走，現在只剩下我要做的事了，我必須仔細精密地檢查，並且確實掌握他們傷口狀況，一定要讓他們保住呼吸，一定。

我站在第一位患者身邊開始計算著，等中央靜脈管到這裡大概要花一分鐘，在這段時間內要大致掌握患者狀況；等三個中央靜脈管全到，要在兩分鐘之內幫每位患者插好；完成之後，確認呼吸和體液量，以最快的速度做好全身燒傷處置。如果患者狀況穩定到可以撐到移送的話，就將他轉送到傷燙傷專門醫院。我盤算著這些事的同時，腦海裡的時鐘也正滴答滴答作響。我一邊仔細地檢視面前的患者，一邊和他搭話。

「還好嗎？」

「快……快死了。」

真是幸好，看他還能說話的樣子，氣管大致上有保住，回答也切中問題，代表他的意識相當清楚。看著剛才說話的患者的臉，他的頭髮已被全部燒掉，一根都沒有留下，取而代之的是被燒熔後剩下一大坨蛋白質，一塊一塊地黏在被燒焦的頭皮上，臉也大同小異地被燻得焦黑。與單純沾到煤炭的黑完全不同，他的皮膚被火燒掉，肌肉呈現燙熟的白色，那上面還沾滿了亂七八糟、被燒得焦黑的皮膚殘屑。臉型整體來看很明顯地萎縮了，呈現近似骷髏頭的模樣，那黑色頭顱上的眼睛睜開，眼珠被燒熟了、閃著混濁的光芒，幸運的是視力似乎還留著。我把手伸進被燒熟而幾乎失去界線的嘴唇之間，打開嘴巴、固定頭部並確認了口腔，果然，那裡面就像有人隨便將火團塞了進去，像是煮熟一般熔化著。

我將目光轉向他的身軀，全身狀態與臉並沒有太大的不同，刺骨的寒冷與疼痛使他們的四肢及軀體皆不停顫動，沒有一處可稱得上完好的地方。從爆炸發生的那一刻起，他們的肉身與伴隨的衣物同時燃燒，好一段時間那惡火毫不留情、恣意地燒烤著全身。我的腦海中勾勒出火焰與人體相遇的畫面，為什麼這些人當時偏偏要站在那個地方呢？為什麼大火不往什麼都沒有的上方天空燃燒，反倒吞噬人們的肉體、再吐出如此悲慘的存在呢？我一邊想著，一邊用聽診器貼著他被燒得焦黑的胸口，呼吸聲相當粗糙而帶著顆粒。原則上，要使用人工插管以保持呼吸道暢通，醫生需要先用麻醉劑讓患者睡著，可是現在持續確認患者意識是否清醒非常重要，所以我還是決定讓他們自主呼吸，除此之外也沒有別的要確認了。從指尖到腳趾，三個人的狀態全都一樣，燒得連臉都無法辨別，最後進入眼簾的是他們那陰毛被燒得精光、燻得焦黑乾癟的性器，那場面就像象徵了那場惡火，連人體最後僅存的尊嚴都肆意踐踏殆盡。

醫護人員很快就帶著裝有溫水的桶子衝進來，三組中央靜脈管推車和堆得和小山丘一般的輸液點滴全都送到了這間房裡。我立刻丟下聽診器，把推車用最快的速度拉到面前，急促地拿起針筒，此時兩名實習醫生抓住男人的腿，開始用沾濕的紗布擦拭被燻黑的髒汙，而我在必須插入管子卻焦黑的肩膀處忙亂地擦上消毒藥水。患者由於太過痛苦，又加上我們碰觸所帶來的刺激，身體忍不住扭曲並痛苦哀號著。每當紗布碰到皮膚、造成剝落時，一旁的男子都會發出淒厲地慘叫，顯得更加可怖。我急忙在肩膀下方插入針筒，由於皮膚和肌肉都已經被燙熟了，所以針筒尖端傳來比平時插入生肉時更乾澀的感覺。要說這舉動是在觸摸人類的身體，感覺實在太陌生了，我忍不住想著這也許已超越人體領域，失去原有的所有機能了吧，這念頭不禁令我背脊一涼。可能是全神貫注的關係，管子一次就順利插入，這動作在哀號聲中達到忘我的境界並且重複了三次，五分鐘，比平時都還要來得稍快一些。

「給五毫升嗎啡，盡量提供輸液直到有特別指示為止，還要檢查小便排量，必須要持續確認輸液是否確實打入，只要幾分鐘沒有輸液，患者就會死亡。」

接下來，我便一頭埋入燒傷處理的奮戰之中。收到剛剛吩咐下去的指令，一名實習醫生正替患者被燒黑的生殖器插上尿管，其他實習醫生則汗流浹背地用肥皂水擦拭患者全身。皮膚至少要達到某種乾淨的程度，才能在上面不漏一絲空隙地塗滿燒傷藥膏，並用繃帶全面包紮才行。擦燒傷軟膏時，維持衛生相當重要，本來應該用壓舌板挖起，一點一點塗抹上去，但這次卻得直接用手挖一大坨塗抹在皮膚上，如果不這麼做的話，塗抹藥膏這項任務可能得熬夜才做得完。儘管如此，替苦痛掙扎的三人塗滿燒傷軟膏的工作，仍然進行得相當緩慢。醫護人員必須用勺子舀水擦拭患者全身，病床上自然也成了一片汪洋，焦黑的皮膚殘渣和漆黑的煙塵流進水窪中，床上及治療室的地板都變得骯髒凌亂，不斷濺起的水花、煙塵、皮膚滲出的體液及肥皂水全都混雜在一起，醫護人員的衣服也剎那間變得髒污不堪。肥皂水在患者乾燥的皮膚上很快就乾涸了，焦黑的身形持續保持低溫，寒冷地劇烈顫抖著，呼喚著如皮膚剝落那般的痛苦，彷彿墜入地獄的男人們，陷入無盡折磨。

即便放任診療室外的三十名患者不管，這裡的工作似乎仍看不見結束的那一刻。我意識到不能再放任情況繼續這樣下去，於是對護理長大叫：

「請廣播叫醫院現在所有手上沒事的實習醫生全部來急診室。」

護理長的頭用力一點，立刻跑了出去，很快地醫院院內廣播響起。

「現在請正在休息的所有實習醫生立刻到急診室會合，再重複一次，現在請正在休息的所有實習醫生立刻到急診室會合。」

一般來說，急診醫學科的實習醫生要做的工作比其他科的實習醫生要來得多上許多，但其他科的實習醫生在空檔時間，並不會到急診室幫忙急診醫學科的實習醫生。每一科各自執行自己負責的工作範疇，整體上比較不會出錯，醫院也會相對穩定安全，因此像這樣的廣播是相當罕見的。雖然總是擁擠不堪，但靠著原有人力不管何時也都能湊合著運行的急診室，現在卻發出這樣的廣播，休息室裡的實習醫生無不疑惑地心想：「到底是發生了什麼事……？」他們急急忙忙跑了過來，當集中治療室的門打開的那一剎那，他們隨即理解所有的狀況了。見到現場的情景，他們立刻吐出音調近似的呻吟。那是他們短暫醫院生活中一次也沒經歷過的慘況，也是有生之年很難再見到的情景。

實習醫生們立刻脫去了白袍、奔向患者的身邊，托人手增加的福，工作進度大幅提升。他們那燙熟的皮膚因急切粗魯的手法而剝落，又漸漸地被白色的紗布綑紮，再用繃帶包裹起來。我必須一邊做著急救處置，一邊不停地觀察著他們的意識與呼吸，於是我持續不斷與患者說話。

「還好嗎？可以活下去的，患者，請回答我。」

「呃，好痛啊……呃呃……」

「患者！」

「真的太痛了……呃呃呃……請讓我死了吧……」

躺在中間的男子這樣說。我們若被書割破了手、肚子消化不良也會喊疼，何況是突然間降臨的命運以大火燃燒了自己的整副身體，除了喊痛沒有別的方法了，彷彿彼此使用來自不同語言的系統，說著關於「痛」的詞彙。渾身被火燒得焦黑的人，嘴裡吐出的話只有一句「好痛」；但當他意識痛苦已到達無法忍受的程度，而且發現一輩子都無法避開這痛苦的時候，當然會想要一死百了，說出「請讓我死了吧……」這樣的話。不行，絕對不能這樣想，我大聲喊叫：

「不行，只要做完這項治療，會舒服很多，真的，一定要堅持下去。嗎啡，這裡嗎啡再追加兩毫升。」

「呃呃……」

或許是他的淚腺沒有被燒完，眼淚從他燒焦的眼珠中不斷流了下來，混雜在一片狼籍的水窪之中。

處置的時間已經過了太久而變得更加急迫。現在，首先要把抬在空中的四肢處理完畢，用繃帶包紮好，擦拭了腹部、骨盆和肋骨之後，無視患者痛苦地哀號，照著那姿勢直接讓患者往旁邊側躺。處理好背部傷勢之後，把整個身體纏上繃帶。過程中可能會因為過低的體溫而導致患者死亡，因此倒水後要立刻擦拭，處置時間也必須縮短才行。但是患者的手腳都呈現往前伸的姿勢，一被碰觸就會痛苦地扭曲掙扎，而且現場實在太髒亂，需要的空間範圍又很大，使得處置工作相當艱難。直到最後纏繞繃帶時，三人的姿勢仍然相當怪異，樣貌或外在形象已經認不清誰是誰，醫生只能以病床位置作為識別三人的方法。

在場的十多個人眼睛像是燃燒著熊熊火焰，反覆地做著類似的處置工作，直到患者剝落的皮膚被覆蓋到一定程度為止。即使如此，患者們的四肢仍呈現向前伸的姿勢，一點變化也沒有。對他們來說，極度劇烈的疼痛絲毫不減，完完整整地纏繞著他們全身。

來到最後一區的腹部了，我小心翼翼地為患者消毒乾淨，旁邊的兩位患者也差不多快處理完畢，只要照這樣繼續下去，目前的緊急狀況就大致可以整理到一個段落。就在此刻，我眼前的患者四肢角度有了明顯的變化，他的手臂緩緩地滑落，腿也逐漸失去了力氣隨意伸直，我反射性地看了患者的眼珠，眼珠子熟了，無法辨識，我用力地用手拍打著病人。

「患者！打起精神來啊！」

那一端沒有任何回應，在這樣劇烈疼痛之下，反射反應正在消失中，不可能有意識。我本能地確認他的嘴與胸腔，粗糙不規律的呼吸彷彿馬上就要消逝。結果，他為了從苦痛之中解放，正一步、一步慢慢走向死亡。他是剛才要求殺了自己的那名男子。

「插管！」

我把已經事先放在枕邊的插管工具粗魯地塞進他的嘴裡，顎關節已經燙熟了所以張不太開。雖然由於反覆施行處置而使我的手發軟無力，但我還是使出吃奶的力氣用力地把患者的嘴打開，嘴巴內也都熟了，不停地流著血。猛然一看，氣管的入口處已經燙熟，並非呈現粉紅色的光澤，而是死透的白色。飛奔而來的護理師遞給我管子，接過管子後我用力地插入氣管，氣管就像被烤熟的肉一點彈性也沒有，所以插進去的感覺並不順暢。雖然確認他的呼吸聲相當粗糙微弱，但至少插管成功了。

轉頭看看吊掛在一旁的輸液，點滴一滴滴不帶情感地按照節奏繼續滴落，但螢幕上顯示的血壓與脈搏都急遽下降。是休克，原因是什麼？原因呢？那一瞬間，我意識到並沒有所謂的原因。四十多歲的男性，全身燒傷面積百分之百的三度燒傷，同時伴隨著呼吸損傷，燒傷嚴重度指標（ABSI）分數為十五分，生存機率不到百分之十，但這些人就算全都在現場死去，或者現在在我眼前死去，明天死去，又或是過一陣子才死去，完全都不奇怪。原因就在災難來臨爆炸的現場及那一刻。我立即清醒過來，就算現在沒有所謂的「原因」，他們也可能全都會死去，但就算是人體無法承受的臨界點確實存在好了，身為到剛才為止都還一直摸著他皮膚的人，如果他從我的眼前離開，而我面臨必須親自宣告他命運的結局……就在我思考的期間，躺在中間的男子也放鬆了手腳，就這樣躺下了，心臟停止跳動。

「CPR！」

剛才站在床邊幫忙剪繃帶的實習醫生將剪刀往空中一扔，立刻奔向患者的胸口，他的胸部尚未被繃帶包紮起來，還是原本那樣被燒得焦黑的模樣。當實習醫生用力按壓他的心臟，隨即沾染上黑色的塵埃，把十指交握的雙手弄得骯髒不已，患者熟透的肉也開始一點一點散落，混沌的眼珠望著虛空無力地晃動著。我拿著Ambu（手動人工呼吸器，又稱人工急救甦醒球）一面按壓，一面想著：在同一個地方被火燒傷，決定他們生死的究竟是什麼呢？難道只是單純的運氣嗎？還是想要活下去的意志呢？如果以上皆非，那麼只是早已被決定好的死亡順序嗎？我轉過頭看著躺在他旁邊、曾是職場同事的另外兩人，他們稍稍轉動仍然抬在虛空之中的僵硬脖頸、眼睜睜看著自己同事死去的模樣，不知道是不是那錐心刺骨的苦楚，還是臉部完全被燒毀的關係，從那副面容完全感受不到悲傷，但他們的眼裡分明也流著淚水，就混在那一片水窪之中。也許在茫然的劇痛中，望著那淒慘的結局，腦海中也同時閃過自己即將死去的預感吧。

這真是一個相當怪異的場面，房間裡放著一具就像是黑炭般熟透了的形體，人們沾著髒黑的塵碳，輪流按壓著他。好似人類正在危害著非人事物的場面。如果過程中有任何一丁點能讓他回到過去生活的可能性、如果他能擁有讓時間倒流的命運，回到爆炸前的話，人們會更加奮力地按壓著他的身軀，但即便他奇蹟般重新尋回「生」，他的靈魂卻仍必然要回到那被烈火燒得熟透的肉體，我們都相當清楚這件事，那麼我們還會勸他繼續這樣做嗎？

「請讓我死了吧……」

他最後的那句話一直盤旋在所有人的腦海中，心肺復甦術施行得愈久，我們愈無法分辨到底是我們殺了他？還是他殺了自己？

他似乎不願意再使用那副肉身似的，再也沒有回到這個世界。我放棄了他，正式做出死亡宣告。於是，所有人都陷入一陣空虛地望著他，茫然站立著。醫護人員的手掌都因為黏上他的碎肉與焦黑碎屑而顯得髒亂不堪，他的皮膚與肌肉剝落，幾乎快要露出胸骨似的四處散落，包裹四肢的繃帶凌亂不堪地掉在地上，他的模樣就像一具被任意處理的木乃伊。現在的他只需要蓋上一塊白色平坦的亞麻布就足夠了，不再需要複雜的繃帶纏繞綑綁，或其他醫療處置了。其中一位實習醫生把他身上纏繞的繃帶全都剪了，丟進垃圾桶。一塊白色的亞麻布立刻蓋在他的身上，護理師將他生前的名字列印出來，用膠帶隨便貼在上面。集中治療室裡現在躺著一具屍體和兩個人，那兩人在另一個人變成屍體的時候，不知道是因為止痛藥效發作，又或是難以承受的痛楚持續太久而感到厭倦，腿與手臂都有些放鬆地垂下，但模樣仍未能令人從死亡就在眼前的緊張感脫逃出來。我站在旁邊仔細地觀察他們的外觀與生命跡象，全身從頭到腳，沒有遺漏掉任何一處，全都被繃帶纏繞著，甚至唯一能判讀情感的眼珠也熟了，實在無法猜測他們的心境。不，在短時間內失去太多東西的他們，他們的心情又豈是我能夠隨意理解的呢？我想這樣的說法或許比較恰當。我問他們：

「還好嗎？」

「呃……呃呃……呃呃呃……」

意思是很痛嗎？還是同事死去很傷心的意思呢？又或是對於那不知道會不會找上自己的死亡，感到恐懼？而且，從一開始就注視著這場面的我，看著那一天在全地球上變得最不幸的他們的模樣，難道一定得問他們「還好嗎？」這類的話嗎？如果要說世上有即使了解自己的話有多麼沒用，卻還是一定要說出口的愚蠢之人，那麼肯定就是那一天的我了。我再也聽不到他們說的任何話了，或許我其實對他們的回答感到害怕也說不定。幸好剩下的兩位生命跡象各自都漸漸趨於穩定，不久後燒燙傷專門醫院派來接患者的車也抵達了。

重症患者在醫院死去的情況，有百分之二十五處於急性期，剩下的百分之七十五是在恢復的過程中死去。也就是說，如果抱持著人被烈火燃燒後沒有立即死去、之後也不會死的想法，這可就大錯特錯了。皮膚儼然是人體面積最大、最寬廣的器官，承擔著阻擋來自外部的刺激等許多工作。如果全部的皮膚都被燙熟，很可能會出現全身發炎、流瘡水、再加上其他感染症狀，發生其他器官相關的併發症，如此一來，仍就免不了一死。在這段過程中，疼痛沒有一刻停歇，將不停襲來，患者會受到椎心刺骨、極度劇烈的疼痛，以及面對自己體無完膚、身體被破壞殆盡的絕望，感受到如同死亡般的憂鬱，光是如此便能輕易地讓人捨棄生命。如果能奇蹟般撐過這所有一切，當他們面對自己那醜陋無比的面貌，獨自一人就什麼都無法辦到的情況時，根本不會認為自己還是以前的自己。我很清楚這一點，倘若如此，我還能說要救活他們嗎？

最後，他們被轉送到燒燙傷專門醫院，兩位離開了，現在剩下一位留給我，但那一位也馬上就要離開我的身邊，躺進旁邊建築物的葬禮現場。我們無法得知他的家屬會決定將他燒得乾乾淨淨？還是就這樣將他埋進土中？倖存下來的兩位也有極高的可能，跟隨同事的腳步躺進葬禮現場，但至少沒有在我眼前死去。我無法判斷這會不會讓我身上的罪惡感減輕一些？還是三個人全在我眼前活了下來，才能激勵這特別的一天？

假設我看到的是唯一的死者，那麼明天的新聞報導也只會刊登這城市裡發生的災難，造成一人死亡，六人受傷而已。但這些倖存的傷者移轉到其他醫院後，如果陷入憂鬱症而放棄了人生，全身流著瘡水，造成腎衰竭或其他多發性器官衰竭而死去，新聞上也不會出現任何相關報導，因為到了那時候，一定又會發生另一樁人類的苦痛緊緊牽動著人心。

我做完最後的整理，從集中治療室走了出來。在這段期間被放任不管的三十名患者，以及同時間新到來的十多名患者，全都用含著痛苦的眼神緊盯著我和我那一身髒亂的衣物，在那灼熱的視線中，彷彿全身都要燃燒起來。我一把拿起那堆得像山一樣高的病歷，滿腦子只企求盡快擊退這些痛苦，讓這特別的一天快些結束的想法罷了。

제 8 장

他們生活的世界

在沒有任何預告之下，突然響起震耳欲聾的雷聲。整個世界都浸濕在豪雨中的一天，就連總是開著冷氣、帶著寒意的急診室，室內的空氣也感覺到那股潮濕。

那天，患者們也從外面攜著些微濕氣進到醫院裡。此時，平凡的診療室來了一位相當特別的患者。急救隊員說她被雷劈了，而且還是獨自一人直接被擊中。我們計算了發生機率大約是一百八十萬分之一，但活下來的機率則想都不敢想。

就連在急診室工作的我，這輩子也是第一次碰到。被雷劈中的她，躺在擔架上被推進了急診室，雨下得實在太大，推床和患者就像剛才從水中撈出來似的。我也是第一次這麼靠近地看著被雷劈中的人，雖然全身被燻得焦黑，但皮膚表面與被火燒的人不同，高壓電流瞬間貫穿全身，大體上看起來沒有太大的損傷，但氣味非常重。那一瞬間，高壓電流使她的內臟和肌肉全都燒焦了，雖然這與用電流活烤生命體的氣味相似，但相比之下，這味道要來得更加嗆鼻、毒辣。那時我才第一次了解到原來閃電也是有味道的，潮濕、發悶的水氣與瀰漫著濃煙、乾癟熟透的生命體味道，全都混雜在一起。

三名急救隊員和這名患者一同抵達，全都穿著橘黃色的防水制服，但他們也無可避免地像剛從水裡被撈出來、成為落湯雞般狼狽的模樣。擔架推床與急救隊員全都擠在一起，其中一位正在幫患者做心肺復甦術，另一位正為她輸入空氣，還有一位正推著推床。那名推著推床、資歷最深的隊員，用精疲力盡的聲音對我說：

「她在北漢山山頂被雷劈中了，出動時她的心臟已停止跳動，我們一路持續對她施以心肺復甦術。」

只有短短的三句話，但完全可以理解急救隊員有多麼地辛苦。我聽著這話的同時，一邊重新回溯他們一路到這裡的情況。接到有人在北漢山山頂被雷擊中的報案電話，而且雨勢猛烈，就連直升機也沒辦法飛，除了靠人力直接爬上去沒有其他方法了，而且還是分秒必爭的心跳停止狀況。他們一接到電話、穿上防水衣後，就從消防局以最快的速度飛奔而出，在濕透的山路上一路奔跑。

如果是一般的人，光要爬上山頂就已體力透支了，更何況是在滂沱大雨的情況下奔上山頂。他們在極度疲憊的狀態下找到患者，但很快就發現患者心臟停止跳動，無法放棄而只能在送達醫院前，持續不停地做著心肺復甦術。簡單來說，就是抬著患者並且一路維持心肺復甦術，從北漢山來到這裡。

急救隊員有三位，推床沒辦法在山路上推行，所以只能親自用擔架抬著患者。兩人前後抬著患者，擔架和患者被暴雨淋得全濕、已經相當沉重，大雨更是無情地打在急救隊員的身上。光是這樣就已讓人吃足了苦頭，但剩下的一個人還得使勁地按壓平躺仰望著天空的患者，以她的胸口能夠深深凹陷的程度，不停用力按壓著。因此急救隊員除了抬著擔架，還必須撐住施行按壓的力量，那全部加在一起有多麼驚人啊。他們的手臂和腿彷彿要斷掉一般，每一分、每一秒都像被嚴刑拷打。

暴雨中，疲憊的隊員們一路維持這樣的狀態，輪流交換彼此的角色，直到奔下了陡峭的北漢山。在惡劣的環境下，心肺復甦術不可能達到完美的效果，他們一定也擔憂自己只要有一點點不夠用力、沒辦法發揮全力的話，這個人的生命肯定危在旦夕。傾盆大雨打在身上，這群懷抱著對珍貴生命的使命、和患者直接肌膚接觸的人，腦中除了患者的安危之外，不可能有別的念頭了，他們在陡峭濕滑的斜坡上拚了全力堅持到底。

以飛快步伐下山的他們，急急忙忙將患者送上在山下等待的救護車，緊急地送來了急診室。即使在抵達山下那一刻，他們的急救措施也完全沒有停歇過，就這樣穿越大雨中的道路，飛奔來到了這裡，一路奔往急診室。他們完全沒有多餘的心力顧及自己被滂沱大雨淋得狼狽不堪的外表，以及體力被榨乾、疲倦萬分的身軀。

從短短的三句話，瞬間掌握了事情來龍去脈的我，趕緊走向患者。一走過去，「雷的味道」撲鼻而來。她全身呈現青色，皮膚也因為長時間浸在大雨中，已經顯得腫脹，手腳也相當冰涼。我的確想過，患者被送到這邊一定無可避免地花了許多時間，畢竟在這樣的天氣裡，要從山頂把人帶下來，如果不是完全靠著人力的話，根本就是不可能的任務。確認報警時間，發現情況已經過了兩個多小時了，我抬起被雨水泡得腫脹的手腳左看右瞧，關節已經完全無法彎曲，應該是在被雷擊的瞬間，心臟就停止跳動了。我很快地將狀況整理了一下，並且宣布：

「已經過世了，時間延遲太久，醫院裡已經沒有可以做的急救處置了。現在這個時間，我宣告她已經死亡。」

急救隊員應該認為我相當冷漠無情吧，但這也是非常冷靜的判斷。對我來說，我沒有搶救已經死去之人的選項。醫護人員接過擔架推床後，就像移動靈柩一般將它緩慢地推走了。

當我的話一落下，一向相當冷靜沉著的急救隊員們也劇烈地動搖了。兩名隊員癱坐在急診室的地板上，剩下的那一位，也就是一進來用三句話說明情況、看起來相當有經驗的那位隊員，也勉強撐住已經癱軟的雙腿站立著，並且用已經虛脫的聲音說：

「您是說，她已經死了嗎？」

「是的，時間已經過太久了，真的很抱歉。」

「不是啊，啊，怎麼會這樣？啊，不是啊，嗯，原來如此……好的，我知道了。」

他看起來欲言又止，似乎想反駁抗議著什麼、卻又強迫自己收拾好心情的神情，在他的臉上表露無遺。不管是那表情，或是那被迫收拾好的難受心情都是必然的，不管是誰都會這樣，因為他們都希望在這場艱辛困苦的生死搏鬥之中，患者如果能活下來就好。她能活下來，這一切辛苦才有代價。當他人的生死就擺在自己的眼前，而這人的生死一切完全取決於自己的行動，也只能盡力做到這樣吧。可是偏偏被從天而降的不幸砸到身上的那名女子，以及使命使然、用盡全力奔跑的他們，成為了那一天徹底的失敗者。

急救隊員們很快就撐起他們的四肢，帶著濕透的裝備與擔架推床走出了急診室。他們把裝備放在空蕩的推床上，從急診室大門走出去的這一連串動作，看來無比吃力。即使他們離開了，我仍然聞得到空氣中燒焦的味道，並凝視著他們返回車上的模樣直到最後。我至今仍記得，那對常人來說機率微乎其微、幾乎不可能發生的不幸降臨在她身上的那名女子，以及姍姍來遲的兒子吶喊中的遺憾。但那天，留在我腦海裡最深的，還是那些幾近虛脫的急救隊員們，他們轉身離去的背影。

◆

急診室是醫院裡唯一可以直接見到消防隊員的地方，所以，雖然我沒有直接去過現場，但還是可以間接體會、理解消防隊員的苦衷。

消防隊員在現場經歷的辛苦，難以用簡單的三言兩語輕易地表達清楚。雖然上述故事是相當極端的情況，但類似的事件不分時間隨時有可能會發生。當隊員們一接到報案後，就會立即出動奔向患者。不管遇到什麼情況，他們總為了救回患者而相當拚命，甚至就連已經死去的人，都得要他們來收拾處理，像是在河流打撈溺死的人、處理被車輛撞得支離破碎或燒毀的事故者，有時甚至也得處理沒有任何人敢碰的腐爛屍體。可想而知，他們每一次出動都相當危險。從二〇一〇年到二〇一四年，共有三十三名消防員殉職，一千五百九十五名受傷。當他們必須面對同事或患者陷入危險（有時甚至死亡），或是得要處理殘酷可怕的現場情況，消防隊員們所感受的沉重精神壓力就不問可知了。最近五年間，有三十五名消防隊員自殺，而且全體消防隊員約有百分之四十左右，飽受外部創傷壓力症候群的煎熬。

但我們的社會對消防員的待遇與救災現場的認知極不合理且無知。一一九任務中，因為火災所引起的事件不到百分之十，大部分都是被急救或其他出動所占據。由於大家相信一一九不僅能救援火災，還能解決所有疑難雜症，所以遇到喝太多酒、指甲斷掉、流鼻血等狀況，直覺就打給一一九，甚至被鎖在門外、狗不見了、和鄰居發生糾紛也打給一一九報案。也許有人會認為不過是一通電話罷了，但一一九隊員出動一次就會花費三十萬韓幣（約七千四百元台幣），相反地，報案的人卻一毛都不用出。發生問題時，不管是誰都能輕易地獲得幫助，從這一點來看的確是優點；但因為是免費的，所以人們把這件事想得很輕鬆，有時在現場會無視隊員們的工作努力，甚至對隊員們惡言相向。

每年在現場遭受暴力相向的消防隊員高達六十名左右，在這樣的現實中，隊員們不得不去考慮，自己必須搶救的人，可能隨時會反過來加害自己的可能性。縱然他們經歷了這樣的暴行，但消防員的社會位置與使命，使他們就連積極的抗辯都無法做到。在此類事件過程中，隊員們心理所受到的創傷有多深就更不用多說了。

另外，關於消防公務員的行政問題也多如牛毛。大家最近或許曾聽說「希望將消防公務員從地方職轉變為國家職」的話吧，乍看之下，我們不禁會疑惑為什麼現在的消防公務員不是國家職呢？又或是，為什麼不理所當然地轉換換成國家職呢？

所謂的國家職，是指由國家任用、在中央機關工作的公務員；而地方職則是由市、道[2]所任用，在地方機關工作的公務員。現在的消防員由於是地方職，為市、道所任用，在地方機關工作的同時，也屬於全國性組織國民安全處，因此在體制上沒有統一的情況下，既要接受國民安全處的命令，同時也要接受來自市、道的指示。雖然這是一個特殊的例子，但地方政府並不想讓消防組織獨立於自己的命令體系之外，所以地方政府有活動的時候，也會叫不值班的消防員到現場，要他們清掉椅子上的積雪，或使用消防直升機處理道知事[3]的個人事務，像這樣令

2 道，為韓國地方行政單位，例如京畿道、江原道、忠清道等。

3 道的首長。

人搖頭不已的事情持續發生。

由此，產生了人力或資源分配的問題。由於消防員並非國家職，從中央撥給地方政府的預算，會由地方政府任意編列給消防部門。當然愈富裕的地方政府，就愈有餘力針對安全問題去編列預算，所以像是首爾市、京畿道等富裕的地方政府在消防預算上就頗為充裕；可是愈往鄉下，這些並非迫在眉睫、需要立刻解決問題的安全部門，預算就會減低。如此一來，雖然人口少，但必須負責的範圍半徑卻變得更寬廣了，愈是鄉下，就愈會面臨人力不足的窘境。根據統計，首爾的救護車平均會有三名隊員搭乘，地方的救護車平均為一點七名人員搭乘。原則上救護車的搭乘人數為三人，但在地方上，擁有四輛救護車但卻只有五名消防隊員的情況是家常便飯，單位擁有的救護車不能全部出動，也是相當奇怪的現象。

而這同時表示，如果一名隊員負責開救護車，車內做心肺復甦術的人會有零點七至兩人之間的差距。在這樣的人員結構下，愈往鄉下，心跳停止患者的甦醒機率無可避免地將會降得愈低。問題不僅是人力招聘，就連薪資也是由地方政府給付，因此當地方政府津貼預算縮減，消防員可能被強迫下班，甚至出現拖欠薪資的狀況。另外，福利水準當然也與首爾有差距，再加上沒有統一體制的關係，人力與裝備也不可能重新分配、有所流動。夏天假期的海邊，或是春季、秋季風景名勝附近的區域，由於人潮擁擠，隊員們肯定變得更加忙碌，但卻沒有人力補充的管道，隊員們只能被過度的疲勞折磨，忙得不可開交。

特定職公務員，即認定其職務有著特殊性的公務員，在韓國約有五十萬名。軍人、警察、檢察官、法官、消防員等，都屬於特定職公務員。在這之中，國家職約有四十六萬名。韓國的消防官有四萬多名，在國防、治安、安全部門中，屬於地方職的特定職公務員部門只有安全部門而已，也就是不歸國家中央管理的意思。大家雖然可能聽過警察醫院和國軍醫院，但卻沒有聽過消防員醫院吧，這是因為消防組織完全不歸國家管理，以他們的工作強度與特性來看，沒有設置管理消防員的安全專門醫院，是相當不妥當的。

看似理所當然的「消防員轉換為國家職」，在現實中卻遙不可及。首先，消防員屬於地方職的時候，從中坐享權力與權益的那些人會站出來反對，資源豐富充足的市、道或是那邊的居民也不需要特別站出來爭取，而在這種情況之下遭受損失與苦痛的人，他們的聲音是如此地薄弱。在這樣的現實當中，迫切需要幫助的人們被推往社會的邊緣。穿著制服、舉著牌子上街頭呼籲的這些消防員們的聲音，每一次都被大眾所遺忘，這就是現實。

這是與安全相關的問題。讓消防組織的力量可以充分傳遞給那些遭受苦痛的弱者，這是直接關聯到社會分配的安全問題。在安全與生命中，不應該存在貧富差距，因此，我希望最近發起的「消防公務員轉為國家職法案」能夠盡快地在國會通過。

제 9 장

熬過疾風怒濤的方法

高中生年紀的孩子們總是充滿行動力，對這個世界無所畏懼，有時候也會做些傻事、闖闖禍，但這樣的莽撞與衝動，反而成為他們能夠順利度過成長時期的原動力。有一名高中女生，她也是符合上述特質的學生。疾風怒濤的時期就像風一般吹過，這時候去做一些大人不會輕易去做的事，也能被社會大眾寬宏大量地接受。

這名學生在某天上課時偷偷離開教室，避開警衛看守的大門，決心翻過學校圍牆去吃辣炒年糕。對這個年紀的學生來說，食欲是支撐待在學校一整天的力量。原本是好學生的她，為翹課的心情感到不自在，再加上想盡快逃離無聊的學校的想法，所以下定決心急著翻過圍牆，要和朋友一起去吃辣炒年糕。

學校圍牆是約一公尺高的深灰色水泥牆，上面則嵌著密密麻麻的常見黑色鐵柵欄。像平時一樣以敏捷的動作、率先撩起制服裙的朋友，已經以兩段式爬上圍牆，跳到另一頭的自由世界。隨後，這名學生也稍稍撩起裙子，準備踩著分隔成兩段的圍牆離開學校，接著她以連續的動作避開圍牆上一根根尖銳的鐵欄杆，踩在一根根尖銳鐵欄杆之間的平坦處，奮力地往自由世界跳了下去。

但就在這一瞬間，她感到有些不對勁，明明已經躍到盡頭，身體卻仍浮在半空中，此時在空中胡亂掙扎的手傳來一股火辣的刺痛，動彈不得。她好不容易用腳尖搆到地面，反射性地抬起頭來看著自己的右手，下一秒就發出尖銳高頻的慘叫。尖銳的黑色鐵欄杆仍舊牢牢整齊地垂直並列在圍牆上，而她的右手臂就像肉串一樣，被兩根尖銳的欄杆刺穿在半空中。令人不敢相信的場景，和鐵欄杆刺穿交錯的手臂不管怎樣都無法動彈，尖叫聲響遍了整個學校。

在一一九派遣的消防隊員到達之前，許多學生、老師、學務主任、教務主任、校長、清潔人員、路人還有不知道從哪冒出來的人，全都圍繞在學校圍牆四周。

「哎呀，這是怎麼一回事啊？」

「哎呦，一滴血都沒有流耶，只是好像卡得很緊的樣子。」

「天啊，我還是第一次看到這種事呢。」

平凡的學校圍牆邊突然變成鬧哄哄的菜市場，老師和教務主任、學務主任等人擠入了人群中，看著掛在空中的手臂，一時之間連話都說不出來。不過他們就和往常一樣，立刻認為自己應該要發揮統治力才行。

「學生們趕快回到教室！快點回去！」

圍觀的學生們果然也一如往常，雖然聽話，但還是拖拖拉拉地回到教室。可是校外蜂擁而至的人們依然故我地集聚在原處。

很快地，一一九隊員們伴隨著吵鬧的聲響到達現場，穿著橘黃色制服的消防隊員靜靜地觀察，學生高舉著的纖細右手卡在圍牆上的模樣。就像看著一樣此刻不該存在於此處的東西，那般奇怪的景象令人啞口無言。

「這個該怎麼辦？」

「不是有醫療指導嗎？幫我拿一下。」

A隊員馬上拿起電話不知打到何處，結束通話後這樣開口：

「叫我們把鐵欄杆整根剪下來，不要碰手臂。」

「那個用剪鉗剪不斷啊，又不能用鐵鎚敲，要用電鋸嗎？」

「要不然電熔機呢？」

「我們是一一九啊，電熔機不是用來焊接什麼的時候用的嗎？」

「那麼得用急救電鋸了耶，的確是救人命嘛！」

「可是，這個車上有嗎？」

「那個不是火災時才會帶的嗎？」

「那麼就拿來吧。」

A和B不理會眼前的學生，自顧自地說話，接著又搭上救護車不知道再度前往何方。學生每每聽到「剪鉗」、「鐵鎚」、「電鋸」、「電熔機」這些詞彙就會皺一下眉頭，最後在眾多工具之中，聽到由「電鋸」勝出時，又再度放聲大哭。群聚的人們一聽到要用電鋸直接把圍牆上的鐵欄杆鋸斷這麼動感刺激的畫面，懷抱期待的心情又再度窸窸窣窣地交頭接耳。這時，學務主任拿了條毯子幫學生將右臂蓋起來。

「你們這些人，真是的。這沒什麼好看的，別看了，去做你們自己的事吧。快點！快點！」

人們只好迫不得已地轉身離去。

兩位急救隊員過了好一陣子才又帶著電鋸回來。

「你什麼時候用過這個？」

「成為消防員後，我一次也沒用過，這很常用嗎？」

「我五年前在火災現場用過一次。」

「那麼得讓你來用了，至少用過一次的人來會比較好吧。」

A用力拉動電鋸拉繩，電鋸開始發出一種「不管前方是什麼，只要擋在我面前，我都會把它除去」的轟隆隆巨響。看著學生臉色變得愈來愈蒼白，幾名老師調整了蓋在學生手臂上的毯子，包裹得緊緊的，不讓火花噴濺到手臂上。A將轟隆隆作響的電鋸對準學生手臂下方的黑色鐵欄杆，開始用力地鋸。「滋滋滋滋滋滋滋滋滋滋滋滋——」鐵與鐵互相硬碰硬的響聲之中，學生也跟著「啊啊啊」地尖叫。就像用電鋸鋸開石膏那樣，雖然可以感覺到震動，但不會有任何疼痛，不過嘴裡還是忍不住發出害怕的呻吟。就這樣，伴隨著學生的哀號，一根黑色的欄杆漸漸露出切面被鋸斷了，A大聲喊著：

「只剩一根了，加油加油！」

被鋸斷的鐵欄杆順著肌肉紋理歪斜地懸在半空中，A毫不猶豫地拿起電鋸對準剩下的鐵柵欄，「滋滋滋滋滋滋滋滋滋滋」，火花四處迸發，學生發出最後的尖叫。

「呃啊啊呀啊啊啊呀啊啊！」

由於是閒暇的日間時刻，所以急診室裡沒什麼特別的患者，我百無聊賴地盯著電腦螢幕看。突然之間，一名周身充斥著有趣氛圍的患者進來了。個子嬌小但臉上布滿淚痕的高中生，還有兩名就像貼身保鑣一樣，穿著橘黃色制服的一一九隊員陪同她一併前來。我看著被毯子包裹著的右手臂，猜想大概是最常發生的手腕骨折吧？就像開玩笑時不小心摔斷的模樣，往後倒的瞬間要用手臂扶住身體時最常發生的狀況。我想著趕快替她拍張照、說明狀況後，再打上石膏就行了。

「手臂受傷所以來醫院的嗎？」

「是的。」

「是怎麼受傷的呢？」
「我，那個……手臂……」
在旁邊一直看著的A代替她回答。
「現在有兩根鐵欄杆插在這名學生的手臂上，翻牆的時候發生了意外。醫療指導要我們不要拔掉欄杆，必須直接鋸斷送來醫院才行，所以鐵欄杆也跟著患者一起運送過來了。」
「嗯……嗯？欸？」
首先進到治療室仔細檢查患部，學生躺在治療室裡的病床上，我將笨重的治療室門「哐」一聲關上。這時，從家裡急忙跑來的母親站在學生身旁，我猛然把毯子掀開。雖然驚呼聲差點就要奪口而出，但職業的使命讓我好不容易忍住了。兩根大約十五公分左右的鐵欄杆完整地插入高中生的右手臂下臂部分，而且還是在兩根骨頭之間，固執且絕妙地插得緊緊的。由於學生感到疼痛，所以右手手臂一直用力的關係，造成肌肉用力收縮，兩根黑色的鐵欄杆並沒有順著肌肉紋理平行插著，而是以有些歪斜的角度在空中顫抖著，於是我開口提問：
「是翻牆的時候造成的嗎？」
「……是的。」
學生的母親在親眼見到鐵欄杆插在手臂的景象後，似乎不敢相信所見，只是呆呆地望著。
我再次仔細檢查學生的手臂，中間如果碰到骨頭的話，鐵柵欄應該就會彈出才對，但因為鐵條尖端偏偏只朝向柔軟的部分穿過去，使欄杆完美地以垂直方向貫穿手臂。而且可能在肌肉之間卡得很緊，只沾染到一點點血跡，幾乎沒什麼大出血，就好像孩子開玩笑地在模型手臂上插上玩具那樣，或是在博物館裡展示的、戰爭中用手臂接住飛箭的蠟像娃娃手臂那樣。

鐵欄杆比肉要來得堅硬多了，不管是哪裡都可以穿過，但偏偏貫穿的是穿著格子花紋的裙子、甚至連領帶都打得很漂亮的高中生的手臂。當這些想法出現在我腦中時，學生發出了小聲的嘟噥，手臂也稍稍動了動，兩根露在空中的鐵柵欄也跟著搖動嘎嘎作響。

「患者，請不要動你的手臂，否則你的神經會受損。」

「嗯……好的。」

我小心翼翼地確認她指尖末梢的感覺與動作是否還完好如初，末端的神經完好無損，手指頭的關節也全都沒有影響，於是我向家屬說明：

「受到很大的驚嚇吧，但傷勢並不嚴重。首先要先將這兩根鐵欄杆拔掉，然後確認是否有內部損傷。如果沒什麼太大異常的話，肌肉會自然恢復、自己長回來。雖然可能會有些疤痕，但並不是手臂不能動，或是太嚴重的意外。在手術房裡全身麻醉後拔除的話，就不會有大礙了。」

「您是說只是要拔這個，卻得要全身麻醉？」

「如果直接拔掉的話，肌肉就會從插著鐵欄杆的空隙中彈出來，血液就會從動脈噴出，神經也會斷裂。如果不麻醉的話，患者的手臂也會動來動去，那時候情況就……總之這樣的話，就會更令人苦惱了。」

「天啊，好的，那就這麼辦吧。要全身麻醉的話就全身麻醉吧。」

剛剛一直在旁邊聽著我們的對話，聽到我剛才描述的狀況，而且還要動手術，學生白皙的整張臉都用力地皺了起來，再次發出哀號。

「媽媽……媽媽……」

我沒有理會學生的慘叫，打電話給整形外科。

「現在有一名學生在急診室，兩根十五公分的鐵欄杆完全貫穿橈骨（radius，下臂兩根骨頭中，外側較短的骨頭）與尺骨（ulnar，下臂兩根骨頭中，內側較長的骨頭）之間。一一九先用電鋸鋸斷鐵欄杆，然後整個完整地帶過來，可能會很辛苦喔。不管怎樣都得要動手術把鐵欄杆除去才行。」

「你在說什麼啊？那個，唉，我是為了治療骨頭所以才來到整形外科的，拔鐵條……嗯，知道了，先幫患者拍照吧。」

為了要拍X光片和CT，先把高中生送到檢查室。首先X光需要拍攝右臂的左右側，還有左右對角線，一共要拍四張才行。放射線技師見到插著鐵欄杆的手臂，一時語塞而露出相當驚慌的模樣，他為了拍照把學生的手臂轉過來又轉過去，冷汗直流。

用X光對準欄杆射出時，會出現相當清晰鮮明的白色物體，但因為X光可以穿透所有的一切，所以很難看出手臂在插入鐵欄杆前後的狀況，也沒辦法分辨兩者彼此前與後的關係，畫面上看來就像是有人在手臂上另放上兩根鐵欄杆一起拍，所謂的醫療影像偶爾也是會有像這樣，一點用處也沒有的時刻。

緊接著去拍CT，但如果CT圓筒內有鐵製品進入的話，畫面會受到干擾，使得周邊混亂而無法辨識，如果身體裡裝設人工關節的情況也會如此。這次把鐵柵欄整個放入去拍，結果CT根本讓人看不出到底是什麼穿透了過去，又是怎麼跑出來的，畫面亂七八糟，干擾的程度十分嚴重。我獨自喃喃自語：

「真是白照了，根本一點幫助也沒有。」

結束拍攝之後，高中生的手臂上蓋著一條毯子，滿臉憂愁地一拐一拐走了過來。

「照片很清楚，現在只要進手術房裡拔出來就可以了。」

「……好的。」

瞬間，我似乎看到「T^T」的顏文字表情出現在她的臉上。

整形外科已經申請好緊急手術，讓患者躺在手術台上。全身麻醉的藥效很快發作，醫生們面前只有一隻插著鐵欄杆的手臂，孤伶伶地放置在前方。麻醉醫生大吃一驚之下，本能地往手術台上瞥一眼，站在手臂前面的主治醫生低聲嘟噥：

「這兩根鐵欄杆也插得太緊了吧。」

第一助手（主治醫生下的輔助醫生）提出疑問：

「這個該怎麼拔除呢？」

「先拔了再說吧，拔吧，那先從外側那根開始好了。」

第一助手按照指示，先將外側的鐵欄杆朝著有箭頭的方向拔。鐵欄杆就像縫紉時，針刺穿了布那樣，先是針頭鑽了出來，接著整根被拔出來。窟窿完整地暴露，即刻噴出的鮮血將窟窿填滿。

「把那個擋住，而且把肌腱（tendon）和肌肉損傷狀況一個個了解清楚。」

醫生們馬上將紗布塞進了那窟窿，把那洞裡的紋理一個個扒開。

「這邊有一條肌腱大概一半沒了呢，而且這邊肌肉有點破損，幸好避開了動脈。」

「嗯，在解剖學上，這裡不是重要構造會經過的地方啊，把這洞的內側清洗乾淨，縫合肌腱和肌肉之後就闔上吧。」

第一助手和第二助手（第一助手的輔助醫生）用粗大的注射器往洞裡注入十公升的食鹽水大肆沖洗，那窟窿裡食鹽水混雜著被稀釋的鮮血漸漸地被洗淨。任誰也不會說出口，在那肉上方貫穿的窟窿，不知道為什麼看來就像耶穌被釘在十字架上、復活後留在手上的洞那樣。那麼這是為了證明存在的傷痕嗎？一個窟窿很快就被填滿了，主治醫生使勁地工作著。

「這個也是一樣，還有一根，再用力拔掉吧，用力。」

剩下的另一根鐵欄杆也用力地拔除了，再次經歷同樣的過程，學生的手臂在鐵條進去與出來的位置，總共留下了四個針線縫合的痕跡。醫生隨即在她手臂裝上夾板固定，並且用繃帶厚厚一層層包紮起來。手術順利完成，學生的手臂現在馬上就要復活了。

雖然會留下些許疼痛，但學生的手臂仍會漸漸地癒合。過一陣子，隨著時間的流逝，在她成為大人之後，那傷痕對已經完全長大成人的她來說，或是其他已經長大好久的大人們而言，留下了曾經有過的青澀時期無所畏懼的證據。

제 10 장

那裡是一一九吧？

坐在吵雜的一一九指揮中心工作的話，耳邊總是會聽到幾通「那裡是一一九吧？」為開端的電話內容。這些電話大部分都很普通，少數幾通卻非常有趣，有時也會令人忍不住怒火中燒，就讓我來轉述幾通中秋連假時打來的電話吧。

1

「那裡是一一九吧？」

「是的，報案者您請說。」

「現在我們家有一隻蜜蜂跑進來了，請趕快來幫我們抓蜜蜂，超大一隻的。」

「您是說一隻蜜蜂嗎？」

「是的，是蜜蜂。」

「嗯，如果是一隻蜜蜂的話，我們是不會出動的。如果每次有人家裡有蜜蜂飛進去，一一九就要出動去抓蜜蜂的話，那麼我們隊員的業務量就太大了。」

「不能這麼說啊，你知道那隻蜜蜂看起來有多可怕嗎？因為你沒看到才講這種話吧。如果蜜蜂叮了我們家的人，害得我們死掉的話，到時候你要怎麼辦？」

「如果是蜂窩的話，還說得過去……三名消防隊員搭著救護車出動，去抓一隻蜜蜂，這樣對嗎？」

「對，這是當然的啊，現在這是多麼緊急的狀況啊，而且蜂窩一定就在某個地方的，不是嗎？既然來的話，就順便把那個也清掉吧，不要讓牠們再進到我家了。」

「如果由我們出動清除蜂窩，也就是噴上一堆殺蟲劑把蜜蜂趕出去。您可以試著遠遠地朝蜜蜂噴殺蟲劑來驅趕，或是在家裡噴上濃濃的殺蟲劑之後，人就先離開家，蜜蜂就會自己飛出去了。先這樣試試看吧。如果之後發現蜂窩的話，再打電話報案吧，現在這一帶的蜂窩怎麼可能都翻出來呢？」

「這樣不對吧，只是聽電話，人來都不來一下，用說的就想解決事情嗎？現在是中秋連假，哪裡會有殺蟲劑啊？殺蟲劑要上哪才買得到啊？要不然你們好歹也把殺蟲劑拿來啊。這樣處理民眾報案對嗎？現在我們可能全部都會死耶？」

2

「那裡是一一九吧？」

「是的，報案者您請說。」

「我家的狗狗生病了，可以趕快幫我們送到醫院嗎？」

「狗嗎？」

「對，現在飯也吃不下，一直嗚嗚地哭。現在是中秋連假，平常去的動物醫院也沒有接電話呀。」

「那麼，您的意思是要救護車和三名急救人員出動，然後把狗放在擔架上送往動物醫院？」

「嗯……難道不行嗎？我以為可以打電話給一一九，然後你們會幫我家狗狗做急救處置，當然也會幫我們送到動物醫院啊。」

「首先，救護車不能載狗，而且一直以來只載生病患者的救護車，如果載了動物，難道不會有衛生上的問題嗎？」

「啊，那麼你們那邊有沒有其他的車呢？除了救護車以外，可以讓其他隨便一輛車子到我這邊就行啦。」

「現在問題不是這個啊……一一九是有人生病，或安全上有危險的時候用來申報的電話。

我們不受理狗生病的報案。」

「不是啊，你也知道現在是連續假期啊，你叫我要打電話到哪去？我家狗狗很不舒服，難道狗在假日的時候就不能生病嗎？不管是狗還是人生病，都是一樣的，難道你們一一九就可以無視嗎？你們這些人這樣真的不行耶。」

3

「那裡是一一九吧？」

「是的，報案者您請說。」

「我家失火了，請消防員叔叔趕快來。」

一聽就知道大約是年幼小學生稚嫩的嗓音，而且旁邊還伴隨其他孩子嬉鬧的笑聲，時常有這樣的電話打來。

「欸！你知道你現在打電話到哪裡嗎？快點把電話拿給媽媽！」

負責受理報案的執勤員相當熟悉地應對。

「我們家真的失火了啦，剛剛火燒起來了。」

「把電話拿給媽媽！」

「嗯……」

過了一會兒，有位成年人接過了電話。

「喂？」

「這裡是一一九指揮中心，現在孩子說家裡失火了打電話來報案。孩子應該已經夠大了，麻煩您嚴格地管教一下吧。」

「我家孩子還小，所以才這樣的啦。」

「聽他的聲音，應該已經夠大了。」

「才小學一年級的小孩而已。」

「這樣也應該是懂得辨明是非的年紀，不是嗎？如果是這年紀的孩子，也應該知道這是惡作劇電話啊，請嚴格地好好教訓一下他，一一九可不是讓人隨便打電話來惡作劇的地方。」

「欸，話不是這樣說的吧，現在孩子都快哭了。他年紀還小，你這樣是不是太過嚴厲了啊？才小學而已，他懂什麼？你也該像對待個孩子一樣，好好和他說才對吧。在救人的地方工作，幹嘛對年紀還那麼小的孩子大吼大叫，你是什麼意思啊？」

「孩子隨便亂打電話到救人的地方，這難道不是更嚴重的問題嗎？孩子拿著電話的時候，應該要問問孩子打電話到哪才對吧。」

「你算什麼東西，現在竟敢對我家孩子的教育指指點點。孩子還小，打打這種電話也是情有可原的吧，你現在是在找父母麻煩，一起抓來罵嗎？真的是……救人救災的一一九，真讓人無言以對耶。」

4

「那裡是一一九吧？」

「是的，報案者您請說。」

「那個，我媽媽現在必須得送去首爾的塞布蘭斯醫院。」

「您現在報案的地方不是唐津[4]嗎？不過，是有什麼事情嗎？」

「我媽媽現在必須送到首爾的大醫院去接受治療才行。原本就有腦中風所以行動不方便，這陣子血糖調節狀況也不是很好，而且沒什麼精神跟力氣，所以需要接受全面性的檢查才行。」

「現在沒有哪裡不舒服的地方嗎？」

「沒有說哪裡不舒服，但我們家人看她覺得她看起來不太舒服的樣子。」

「可是為什麼要去首爾的塞布蘭斯醫院呢？」

「也要這鄉下的醫院能讓人信得過才行啊，以前曾經有在那邊接受過一次治療，想說趁這次機會做全面性的檢查。」

「以前曾經在那邊接受過治療的話，那是什麼時候呢？」

「大概已經過三年了吧？二〇一〇年左右的話……已經是五年前的事了。」

「一定要現在去嗎？」

「現在她看起來不舒服，難道不應該現在去嗎？」

「看來您很久沒見到您的母親了吧……現在您的母親也沒有特別說哪裡不舒服，也不是什麼特殊情況，況且現在是中秋連假，不可能出動一一九一路從唐津開到首爾。往返就要六、七個小時的車程，如果這段時間裡，唐津有其他生病的人的話怎麼辦？原則上我們是不可能送患者到那裡去的。」

「那麼我們該怎麼做呢？」

「這種時候如果要移送到遠距離醫院的話，其實是有民營救護車的。如果你們一定要去的話，那麼我把那邊的聯絡電話給你吧。」

過了好一段時間以後，電話又來了，這次是另一名男子打來的。

「一一九指揮中心，報案者您請說。」

---

4 位處忠清南道，距離首爾約一百多公里。

「剛才是哪個混蛋小子說要派民營救護車的，叫他聽電話。」

「可以麻煩您說明一下是什麼樣的情況嗎？」

「剛才不是這邊派了幾十萬的救護車過來嗎？人如果生病不舒服，當然要免費的啊，哪有還要錢的道理？」

「您現在是在說剛才說要從唐津送到首爾去的那位老奶奶嗎？」

「對，只是想送我媽媽去醫院，這是什麼救護車竟然要付幾十萬？什麼東西，真是有夠扯。」

「剛才已經把狀況跟另一位全都說明清楚了，看來不是剛剛打電話來的那位。像這樣的情況如果要送到首爾的話，我們的救護車是不可能出動的，所以給了他民營救護車的電話，剛才報案的人也說他知道了。」

「那個我是不知道啦，反正有人報案的話，你們這些一一九的傢伙本來就應該要過來看一下才對啊，過來看看到底是不是真的不舒服，怎麼會叫一輛收費的救護車，而且打著收車費的說法，竟然還收這麼高，你們根本就是一夥的吧！你們這些拿國民稅金吃飯的傢伙，竟然還告訴我們要收錢的救護車！我要投訴你們這些傢伙，把你們全都告上法院！眼中只有錢的王八蛋！」

제 11 장

地震的回應者們

當我們打電話到一一九報案的時候，通常很容易以為是鄰近位置的消防局接到這通電話，這樣才能在接到申報電話後，以最快的速度出動到現場。但實際上並非如此。當我們打電話到一一九報案的時候，電話會被各市、道的消防總局所接聽，接到報案的值勤隊員根據GPS確認報案位置後，再以各消防局的人力與裝備做出判斷，最後才對目前狀況最合適的消防局下達出動指令。這是對整體情勢的綜合判斷，同時也是最有效率的方法。

忠清南道消防總局有三十多位受理報案的值勤隊員，以三班制輪流執勤。在這樣的系統下，等於由值勤的十多名隊員受理來自整個忠清南道所有的一一九報案電話。

大家都知道，二〇一六年九月十二日下午七點四十四分，慶尚北道的慶州發生了規模五點一的地震，所幸並無發生重大人員傷亡。地震雖然非常強烈，但還不到建築物被嚴重破壞或是出現死傷者的嚴重程度。即便如此，在慶尚北道的慶州所發生的這場地震，仍大大地撼動了整個韓國，當然也包含位於洪城的忠清南道廳內部的消防總局。

那天晚上坐在指揮中心的我，同樣也感受到劇烈搖晃的震動。螢幕及電視牆跟著晃動，書桌上的用品也稍微有些震動，就算被稱為災難管理本部，也無法當作保命符避免災難。一同執勤的所有隊員和我同樣感受到搖晃與震動，一一九指揮中心的氣氛也和全國各地的其他大樓內部相同，掀起了些微的驚慌與騷動。

「天啊，到底是怎麼一回事？是地震嗎？」

左搖右晃的我們面前有著一面很大的電視牆，上面馬上顯示了地震速報。確認了地震消息，而且也不是太嚴重的震動，心想應該不會發生特別嚴重的人員死傷，一陣安心感也平撫了指揮中心的人們。但突然之間，整個指揮中心的氣氛變得相當沉悶低迷，大多數隊員都大大地嘆了口氣。

「糟糕了，不得了了……我們……才是災央啊……」

我沒有什麼應對災難的經驗，對於隊員們為什麼會有這樣的反應，感到有些疑惑迷惘，因為這又不是會發生很多人員傷亡的災難。但很快地，值勤隊員們所預感的另一種災難開始了，那就是指揮中心所有的電話突然像是漏電一般，全都開始鈴聲大作。

真是太厲害了，從這指揮中心傾巢而出的災央規模可以從統計資料中找到。平均每天必須得接大約兩千多通電話的指揮中心，那一天湧入了三千六百三十通電話，特別是地震發生當下的七點四十四分開始後的三十分鐘之內，就有八百通電話湧入，十名隊員在三十分鐘之內接了八百通電話。

讓我來簡單轉述一下這些通話內容吧。

「喂……欸……那個……這裡是忠清南道……ＯＯ市……ＯＯ郡……ＯＯ鄉……ＯＯ里……ＯＯ路……我家剛剛齁，有點搖晃捏，是地……」

「是的，是地震沒錯，不只先生您家而已，忠清南道全部地區剛剛都在搖晃，有人受傷嗎？」

「沒、沒有。」

「好的，那麼我們現在也還在了解狀況中，請您先移動到安全的地方，然後看新聞就可以理解狀況了。」

「那個……欸……好的……」（已經聽到是地震了，地震也不是誰造成的，也沒有受傷的地方，所以也沒什麼好說的了。）

光是像這樣二十秒左右的電話，三十分鐘內湧入了八百通啊。在這之後，又有另外五百通打進來，這次忠清南道的地震報案電話總計高達一千三百通，值勤隊員全都接電話接到喉嚨沙啞了。忠清南道的地震災害規模統計出來了，這次的地震對忠清南道全地區完全沒有造成任何損害。

居住的房子開始搖搖晃晃，許多民眾立即打電話到一一九報案，這是完全可以理解的。由於民眾無法得知到底是地震，還是發生了什麼爆炸，因此感到相當惶恐不安，再加上一定有某些地點沒辦法馬上接觸到新聞快報，在不知道到底發生什麼事的情況下，唯一能想到的地方除了一一九以外沒有別的了。一一九存在的理由就是如此，這些湧入的電話一方面也證實一一九的確獲得了民眾的信任，不是嗎？就連一名下班後回家休息的執勤隊員，當自己的家晃動的時候，第一個念頭也是打電話到一一九報案呢。

不過令我注意到的，並非那些經歷突如其來地震的人們理所當然的迫切感，而是在發生地震之後，卻反過來通報災難總部「發生地震啦！」，那三十分鐘內湧入的八百通電話，就像理所當然地對著父親呼喚一樣。對於詢問是不是地震的八百通電話，必須不斷反覆吶喊著「地震，對，是地震！」的執勤隊員們，該說我從中窺見了這份職業的世界所展現的激烈一面嗎？甚至他們自己也經歷了同一場地震，還在一陣不知所措的情況啊。在那之前，就連我在地震發生的當下，也只是很單純地想著「啊，原來地震了。」而已；但以後如果再次目睹地震，我將會想起某個秋夜，彷彿戰場一般的指揮中心，那些嘴乾舌燥的執勤隊員們。那天晚上，我親眼目睹了他人的職業與專業的世界，那是一個非常耀眼的夜晚。

제 12 장

你知道「耕田」吧？

如果「醫學用語」的定義是醫療人員所使用的詞彙，那麼「耕田」這個詞，也算是醫學用語。在田埂之間用像是鋤頭或犁耙翻耕的工作，「耕田」的韓文發音是「爬嘎哩（바까리）」。對於不熟悉這個語彙為什麼會變成醫學用語的人來說，聽起來一定相當奇怪吧。

當我還是實習醫生的時候，第一次聽到這個詞彙，相當疑惑為什麼前輩們會突然要做什麼耙地翻土的耕地工作？還是有什麼我沒聽過的、名叫「Packarhi」的遙遠異國醫學家？不過，以一名靈敏實習醫生的角度來觀察，就算沒人告知，最後仍會自己發現這到底意味著什麼。而且它的真實面貌不久後就來到我的面前，向我下達這總是從別人嘴裡說出、一直聽到的「爬嘎哩」工作。

某天，我收到了一封附有Excel檔案的電子郵件，就連該怎麼聰明又充實地把Excel文件填滿的方法，也伴隨著文件親切地附上了。雖然現在已經記不太清楚，但大致上記得內容是患者的身高、體重、腳的大小、來院日期、診斷間隔時間、診斷病名、血壓、脈搏、呼吸速率、血氧飽和度、CT、MRI，以及記錄著其他各種判讀與下達的處置方法、安危與否及有無存活等資訊的檔案。真的是一個很大的檔案，但檔案裡除了患者的編號與名字以外，其他欄位全都是空白的，就好像能將整個宇宙也安置其中一樣。

我以實習醫生特有的毅力開始著手這項巨大的工程，將每位患者瑣碎的情報資料進行規格化整合之後，塞進一行又一行的表格，每填入一行大約需要十幾分鐘。不過，患者的名單實在很長，長到看不見盡頭的程度，我計算了一下，大概要花上幾天幾夜的時間才能做完呢。嘆了一口氣，幾小時下來艱困地盯著Excel檔案的我，突然理解了這詞彙的源頭。填滿一片空白的Excel檔案那一條又一條表格的場面，彷彿蹲坐在田埂上，與將土地翻挖成一直線的農夫模樣是如此相似。因此，醫學用語中的「耕田」是指「為了論文或文件資料等工作，建立數據並整理成檔案的工作」的意思。

我們在超市裡看見番茄的時候，並不會想到這種作物在田裡栽種及耕田翻土的過程；同樣地，我們在看論文的時候，只看見成果，並不會想到蒐集數據資料背後，有人必須按照順序將數據排列整合的過程。這完全就是一件吃力不討好的事。為了論文，作者在大家看不到的背後默默耕耘的行為，就算人們知道了也不會收到什麼鼓勵，但卻是研究過程中不可或缺的工作。「耕田」一詞對這份工作而言，可說是絕配的貼切名稱。因此，當必須提交很多份論文的時候，就如同得要奮力耕種田地的季節一樣，被稱為「農忙期」；相反的季節則被稱為「農閒期」，這些名稱取得相當名符其實吧。

「耕田」是一項讓人腦袋發昏茫然的單純工作，而且大部分都需要相當長的時間，但如果由不了解這個領域的人來做，卻完全沒辦法下手動工，這是這份工作的特徵。即使外部的人說要做這項工作，做出來的結果也不能令人信服。自己論文的所有工作若能夠從頭到尾都親手完成，那是再好不過的了，但因為這可不是用嘴巴說說就可以完成的領域，所以光聽到「耕田」一詞，醫生就會頭皮發麻，感覺就像要抽筋似的。尤其對醫療界最底層的人（通常指實習醫生，或是年資淺的住院醫生）而言，這份工作即象徵著極度疲憊與痛苦，那股情緒或許與我們民族中的「恨[5]」所代表的意義相當近似吧？

之所以會想起這個詞彙，是因為在同期同事的婚禮上，遇見了最近剛進醫院當臨床講師的H哥。我們很久沒有見面了，所以互相詢問了對方的近況，H哥當然就開始對我大吐艱苦生活的苦水。

「別提了，整個週末和教授一直忙著耕田，真的很吃不消啊，到現在都還全身痠痛，身體

5 此處「恨」的意義，是指過去韓國在日本殖民統治之下，所遭受的次等公民不公待遇，作者以此譬喻實習醫生所遭受的待遇。

一點力氣也使不上來呢。」

實在是常見的牢騷，在場所有醫療人員作為聽眾也只是點點頭。

「最近是農忙季嘛，臨床講師的生活難道不也是這樣嗎？」

面對我們沒什麼反應的H哥，突然變得激動，開始辯解起來。

「不是，是真的田啊，真的在耕田啊，用鋤頭把泥土、田地全都翻了一遍，讓土壤肥沃的那種工作，我是說真正的耕田啊。」

「嗯？什麼？」

接下來H哥就講起了他的故事。H哥的指導教授的興趣，就是在首爾近郊的別墅附近種田。上個週末，教授問H哥要不要一起去兜兜風，就把他叫到自己的別墅去，想當然H哥就像旋風似地飛奔前往集合場所去囉。到了那裡，那塊土地還沒有翻過土，平坦的田地此時透著教授威嚴的氣息，那塊田地彷彿是一片茫然空白的Excel檔案。

過了一會兒，教授指著堆放在角落的農具說：「來，H老師，開始吧。」角落裡的草帽、難以預測用途的鋤頭、鐵鍬、犁耙、鐵耙子等器具一閃一閃地發著光。那些器具正確來說可供三個人同時使用，大概是參與教授耕田任務最盛大的派對時，傳統上會有三名苦主的樣子。當H哥雙手拿起這些工具時，指尖沾染了滿滿的前任臨床講師們的生活與悲歡。H哥望向婚禮現場飄渺的空中，帶著悲傷的表情暫時陷入了回憶之中。

「所以週末就和教授一起興致勃勃地耕著那塊我八字裡原本沒有的田地，順便喝了點馬格利濁酒，最後還叫了代理駕駛，好不容易才回到家呀。」

聽完這段話，周圍的人們頓時對H哥肅然起敬，原來他做的並不是論文季節裡「農忙期」的「耕田」，而是迎接春天真正的「農忙期」，耕種了那一片由真實土壤所組成的田地。因此我們全都為臨床講師的艱辛生活默哀一般，暫時陷入了沉思。於是，我的腦海暫時浮現了在農業社會中，農人使用的「耕田」一詞的偉大。蘊含了完整悲歡的這個詞彙，在現今網路普及、情報訊息如洪水一般氾濫的當下，又獲得了另一個意義的生命力，在其他領域繼續被使用、延續下去。今日，工作的人們不管是在真正的農田裡，或是在電腦螢幕前，仍然不辭辛勞、一心一意地耕著田。

제 13 장

機智外科實習醫生的工作

實習醫生必須包辦那一科裡醫生所要做的所有雜事，所有組織的老么全都是這樣。就算事情做得再好也沒人會發現，但只要一有什麼差錯，立刻就會被揪出來，所以一天到晚都在看人臉色。不讓上頭的人感覺到任何一點不舒服，或是把任何可以找碴的事趕緊處理好，這些都是實習醫生的主要工作項目。

外科實習醫生的業務中，有一項工作是在手術房裡負責擦肚臍。動腹部手術時，醫生們將病人麻醉，戴上殺菌手套，將整個肚皮進行消毒。但在人那廣闊的肚皮上，有一個凹陷進去的洞，就是肚臍。由於沒有人會特別去清潔肚臍，所以肚臍往往都是維持著一般的清潔狀態，不免會有一些污垢卡在肚臍裡。如果不先把肚臍擦乾淨，就開始消毒的話，整張肚皮都會沾染到肚臍的污垢，所以外科醫生在消毒之前，要先用棉花棒將肚臍擦拭乾淨，這就是實習醫生的工作。

方法很簡單，外科實習醫生在手術開始之前，先拿著兩根沾濕肥皂水的棉花棒和兩根乾的棉花棒在一旁等著。在麻醉科麻醉完畢、一拿到簽名的當下，就毫不遲疑地拿著沾濕肥皂水的棉花棒往肚臍裡使勁地掏啊挖的，待充分地清潔後，再用乾的棉花棒將濕透的肚臍擦拭乾淨。與其說是醫生的工作，倒不如說是搓澡師傅還比較接近，所謂實習醫生的工作，本來就是這些事。

所以那天我也是一邊欣賞著患者的腹部，一邊準備好四根棉花棒，站在一旁等待著。如往常一般，令人尊敬的主刀醫師教授與他飄動著的寬鬆手術服衣角，邁著大大的步伐走進手術室。雖然腦海頓時浮現昨晚華麗的聚餐，以及主刀醫師教授的活躍，我仍然以一臉堅毅的表情為清理肚臍做好準備。

在替患者麻醉的期間，尊敬的主刀醫師教授就在手術室裡悠閒地晃來晃去，一下和這個人、一下和那個人談笑風生，然後突然拿起了棉花棒。靈敏的實習醫生如我心想：「啊，看來今天主刀醫師教授要親自示範如何清潔肚臍呀，今天可以觀賞到精巧熟練的肚臍消毒外科技術呢。」所以我比任何人都還要快地把手中原本拿著的棉花棒丟到垃圾桶裡，等待著主刀醫師接下來的動作。

主刀醫師教授握著棉花棒的姿勢，就像一名劍客緊握著他的劍一般走到我和患者的身旁，我甚至感到心跳加速。就在那一瞬間，尊敬的主刀醫師突然把棉花棒放自己的耳朵裡，開始挖了起來。

「哎呀，好舒服啊。」

我瞬間以呆滯的表情癡癡地望著主刀醫師，這時候剛好麻醉科醫生對著我們說：

「患者，麻醉完畢。」

主刀醫師用右手挖著右邊耳朵，皺著他的右眼跟右臉，看向神情呆滯的我，開口說：

「實習醫生，都麻醉好了，你還愣在那邊幹嘛？酒還沒醒嗎？」

「啊，不、不是，我馬上擦。」

於是，我又相當敏捷地再度拿了棉花棒回來擦拭肚臍，這位主刀醫師可能到現在都還不明白，為什麼平時總是非常聰明靈敏的實習醫生，那一天為什麼會遺失自己的槍，呆滯地站在那裡吧。

제 14 장

為什麼偏偏是襄陽？

這個故事要從十幾年前，我所參加的社團到襄陽的無醫村落進行醫療義診開始說起。醫療義診簡而言之，就是幾十名社團學生和幾名現職醫生的社團前輩們，在以「里」為單位的里民活動中心裡，吃飯、睡覺地住上四天三夜。原本以為大家就在那空間裡，各自準備資料，為這些缺乏醫療服務的偏鄉地區民眾診療，我在腦海中想像著美好的景象；但實際上，醫療義診的最大宗旨是為偏鄉地區帶來些微的善意，以及龐大的累贅。那時正值寒冬，主要的幹部學生帶領著其他成員，在里長的庇護之下，與醫生前輩們協調行程，努力讓這次的醫療服務活動成為充滿意義與價值的事。

多災多難的四天三夜行程，在幾經苦難與波折之下，時間如同飛箭般流逝。我們就要離開這幾天住的里民活動中心，準備動身回到首爾。一心抱持著要幫助偏鄉發展的理想、為當地做醫療服務的信念，來到這窮鄉僻壤的我們，全都已經意識到我們的大聲喧譁給社區添了不少麻煩，所以我們盡最大的努力，不想再帶給當地更多的負擔與不便了。

大家在回去之前，開始將里民活動中心的每一個角落都打掃乾淨，也將所有東西都物歸原位。最後整理時，把每個角落的灰塵和這幾天醫療服務使用工具所產生的廢棄物，全都仔仔細細地裝進袋子裡，幾十個人在四天三夜裡，吃的、喝的，再加上用於全村診療時使用的醫療用品所產生的垃圾，可想而知那垃圾量有多麼地驚人。里長伯已經事先告訴我們，把垃圾全都放在里民活動中心前面就可以了，所以我們便把幾十袋裝到快爆炸，氣勢不容小覷的一百公升垃圾袋，整整齊齊、漂亮地陳列在里民活動中心前面。

問題就是從這裡開始的。當我們把這幾天短暫停留的地方整理好，正準備要聯繫返回首爾的遊覽巴士過來時，突然某位後輩像是發現了新大陸地驚叫：

「前輩，可是計量垃圾袋上面寫的是束草市專用垃圾袋耶，這裡不是襄陽郡嗎？」

那聲音使我們全部都感到頭暈目眩。在抵達襄陽這窮鄉僻壤之前，我們就先在市區買了數量相當、充足的計重垃圾袋，但那裡偏偏是束草。我們這些首爾來的「都市俗」，誰都沒有發現到這個事實，偏偏在走的前一刻才發現。

我們趕緊召開了緊急對策委員會，但反正結果都是一樣的。因為我們社團的宗旨就是利於地方社區，盡量不製造麻煩，從我們社團的性質上來看，無法容忍不收拾的成堆垃圾給人造成麻煩的事發生。最後，只好由我們之中唯一有開車來的朋友，開著車到襄陽郡的任何地方，買齊一百公升的計量垃圾袋回來才行。這裡本就是偏遠鄉區，要買這麼多垃圾袋需要很久的時間，被叫去跑腿的朋友幾乎過了一個小時，才帶回來一捆而已。在寒冬之中，流著一頭冷汗下了車，嘴裡嘟嘟囔囔地抱怨著自己翻過了幾個山頭、開過了幾條溪河，才好不容易買到。

我們用凍僵的雙手，趕緊將綁得緊緊的垃圾袋全都拆了，將這四天三夜以來留有我們吃吃喝喝痕跡的垃圾再度拿了出來，裝進只有地區名字差異的垃圾袋裡重新裝好。這件事本身就是一件苦差事，雖然我們人數眾多，這件事也不會花太久的時間，但在白雪堆積的偏遠山區一隅，一大群人從垃圾袋裡拿出垃圾，又重新裝進另一個垃圾袋的場面，可說是相當壯觀。

但是，此時又有另一個問題產生了。原本就裝得滿滿的垃圾，雖然裝進了另一個垃圾袋，但是那些束草市的垃圾袋又成了新的垃圾，所以買來的垃圾袋不夠用啊。雖然某幾個豪邁的學生不管怎樣，都想把垃圾裝進有限的垃圾袋裡，努力奮戰之下，也不過是和垃圾變得更加親密，並沒有其他收穫。無計可施之下，只好再度召開緊急對策委員會，想當然爾，依舊是沒有別的方法囉。之前跑腿的朋友一開始就是算好垃圾與垃圾袋的量買的，現在帶著一張哭喪的臉，得再度出動去買垃圾袋。我們也只能在一旁束手無策地咬著手指等待，連帶著剛才就抵達現場、在一旁觀看著這場奇怪饗宴的巴士司機，也哭喪著臉，只能在一旁默默等待。

結果這一次，不到一小時的時間，垃圾袋就抵達現場了。其中一位學生挖苦地說，這樣大量購買束草市和襄陽郡的垃圾袋，最終不也是幫助了地方經濟發展一臂之力嗎？大家毫不遲疑地把失去了安身之處，散落一地的垃圾袋裝入了新的垃圾袋中，總算勉強清理完畢了。營運團隊與學生們忍不住吐了吐舌頭說，有這麼難以離開的地方嗎？但為了美觀整齊仍將垃圾堆排列好，而且襄陽郡的標誌就大喇喇地印在我們辛苦完成的成品上。那威風凜凜的模樣，比起這次的醫療義診活動，更令我們感受到完成任務那激勵人心的欣慰。

終於，我們「真的」要離開這個地方了，走之前先去向這幾天很照顧我們的里長伯辭行。四天三夜以來，多少培養了一些情感，里長伯也說想和學生們一一道別，順便巡查一下這幾天我們使用的里民活動中心，所以等一下會直接過來。一聽到里長伯要來，想到我們拚死拚活好不容易完成的偉業，可以在眼前接受檢驗，我們都懷抱著自豪的心情等待著里長的到來。戴著一頂印有農藥名字的帽子、滿臉皺紋約七十多歲的里長伯，拖著啪啦啪啦的腳步聲到了里民活動中心前面，一看到這堆整齊排放的藝術品，馬上就開口說：

「哎呀，什麼垃圾竟然收拾地這麼整齊啊。」

里長伯連檢查都沒檢查里民中心的狀態，突然在一旁把乾草、枯樹枝聚集在一起，開始生起火了。里長伯生火的技術本來就很純熟，所以瞬時之間熊熊火堆就燒了起來。我們猜想里長伯是覺得很冷，所以才會生火，於是就在一旁觀看著。火堆燒到了某一程度時，里長伯突然就抓起了垃圾袋的提把，開始一個個把垃圾袋往火堆裡扔了過去。是啊，這個村落裡根本就沒有人使用過計量垃圾袋啊，在這個窮鄉僻壤的偏遠地區，這樣處理垃圾相當尋常，只是超乎我們的想像之外。

我們根本來不及阻止，只是傻傻地看著那場景，體積龐大的垃圾袋就這樣一個個被丟進那像地獄之火般的火堆中，發出了無法理解的呻吟聲。裝有我們四天三夜所有的一切，為了整理這些我們所付出的心血，而且跑到了江原道一帶，吃足苦頭好不容易才買足的計量垃圾袋們，現在全都被火燒得一乾二淨。那笨重的垃圾堆彷彿就像慢動作似的，身段輕盈地被拋向空中，一個又一個緩緩像是倒栽蔥般落進火堆之中。這一切彷彿把我們先前對這世界存有的偏見全都給粉碎殆盡，在那空虛的視線中，將我們的常識與思緒隨著火焰一起燃燒成黑煙，靜靜地縈繞在山野之間。而那刺鼻的黑色痕跡，就像庇護著回首爾的我們所有人一樣，在蔚藍的天空中久久不散。

제 15 장

消防總部的醫生

大人們遇到幼稚園的孩子們，總是很常問孩子未來想要做什麼。回過頭來想想，不知道大人是真的好奇才詢問，還是只是對孩子的一種戲弄？這個問題即便我已經長大成人了，還是不太清楚。總之，我在那提問中帶著信念，堅定地只回答了一個職業，那就是消防員。當時的我好像覺得玩火很有趣，滅火好像也很好玩的樣子，再加上消防車有著顯眼的紅色水管，水柱噴灑而出的樣子，不也很帥氣嗎？就這樣，就讀幼稚園的我總胡亂畫著二十年後，自己戴著紅色消防帽、穿著消防員制服，拿著粗粗的水管噴灑水柱的模樣。

不過，「未來志向」總像是一時興起的熱潮，會被長大後的人所遺忘。所以我就這樣一直念書，念著念著就成了與消防員最敵對的職業了。整夜值班，身處醫院現場的急診醫學科醫生，怎麼能夠不討厭每次出現，就是載著患者將他們推進來的消防員呢？當他們出現的時候，就代表有什麼緊急情況，發生了什麼事件或意外啊，這就為什麼許多醫生走在路上，只要聽到消防車的聲音，或看到一點點火光，就會忍不住嚇一跳的原因。然而這樣的我，離開急診室後的下一份工作地點，正是消防總部。

成為消防本部所屬一員後，我對消防員厭惡的眼光自然而然地消融了。世界上所有的一切，本就像是一時興起的熱潮，總有冷卻的時刻。而且在消防總部裡負責和平工作的我，某天竟然也得到了一輩子只要遠遠望一眼，就會不小心被嚇一跳的消防制服。中心主任為了宣揚消防總部的團結心，所以讓所屬醫生也穿上消防制服，從那天開始，我就穿著以橘黃色為基底，上面印著大韓民國國旗及階級章，還有光看就覺得會立刻被迅速移送、帶著堅決果斷字體的鮮明「一一九」字樣消防制服上下班。

大家也很清楚我並不是消防員，主業是醫生，副業是寫文章的人。但制服給人的感覺很奇妙，就算是普通人，只要穿上白袍，就一定會做出給患者看診的樣子，甚至也會認為應該要給人剪一次頭髮的感覺。穿上消防制服的我，儼然就像我們這地區的消防員姿態，實際上我一點消防員的自覺都沒有。雖已身兼二職，但看到火只會直覺好燙而已。我在鄉下的村莊突然受到了消防員的待遇，想起了小時候寫下消防員這個「未來志向」的業報，現在竟然影響了三十四歲的我，想一想，人生果然很有趣。

在鄉下村莊上下班的我，穿著消防制服，手裡拿著一本書穿過了社區。每到用餐時間都是自己一個人出來吃飯，總一頭埋在書裡搖搖晃晃地走在鄉間小路，是位有點顯眼的消防員。

某天，我拿著書正等待紅綠燈。由於那是一條寂靜冷僻的街道，我一面看著書，一面心想等車子過去後，我就要過馬路了。但那從遠處往我這裡開的車子，突然間過度冷靜地以不正常的幅度大大減速。那車子停下來的位置，難道是希望我先過馬路的意思嗎？我有些不知所措地將視線從書上轉移開來，環顧四周，周圍除了我以外沒有其他人了。那瞬間我才了解，全都是因為這身消防制服的緣故啊。

想想看，如果你正開著車，有一位身穿警察制服的男子正準備穿越鄉間小路，你會有什麼樣的感覺呢？難道不會產生一種「不知道為什麼，但千萬不能犯罪」的感受，然後帶著這信念將車子漂亮地停在這男子的面前嗎？但如果今天是一位穿著醫師白袍的男子，正準備穿越鄉間馬路時，又會如何呢？大概一面想著「這人怎麼不去幫病患看診，為什麼會在馬路上？」，然後一面猛踩著油門「咻」地一聲呼嘯而過吧。而消防員大概就介於這兩者中間，似乎沒什麼公權力，但又好像有，看起來似乎要去拯救什麼似的。如果禮讓消防員的話，彷彿自己做了一件善良的好事，不是嗎？身為沒什麼要事的消防員如我，原來只是站在街道上，也會被賦予無言的權利啊，至少車子不會禮讓醫生或作家吧。也許正因為如此，穿著消防制服的我，有時就算開著自己的車子，別的車主瞥見橘黃色制服上、帶著「大韓民國」四個字的標誌，就會像是理解了什麼似的，讓出了車道。另外，我有時候也會傻傻地走在路上，被附近居民問像是這樣的問題：

「哎呀，有患者嗎？」

當然我每次都是這樣回答：

「沒有，我只是回家而已。」

總之，我想這就是一般民眾對待在醫院救人的人和在現場救人的人的不同看法吧，一想到就忍不住感到相當有趣。

某天從消防總部出來後，我到附近餐廳吃飯。由於實在太想吃部隊火鍋了，我一個人坐在餐廳裡，點了一人份的部隊火鍋。但可能因為自古以來，部隊火鍋就不太是一個人獨食的料理，所以愛管閒事的餐廳大嬸就問我：

「哎呀，是消防員嗎？」

「我在消防總部工作。」

「那麼就是消防員啦，可是怎麼自己來呢？」

穿著消防員制服，在消防總部上班的人，怎麼可能會是水電工或是管線工呢？我也只好接受了這樣的邏輯。

「嗯，也算吧。對，我一個人。」

「為什麼不帶其他消防員朋友一起來呢？」

「我沒有消防員朋友，所以我都是自己吃飯。」

大嬸聽到消防員竟然沒有消防員朋友的話後，一副聽到無聊冷笑話的表情。

「哎呀，怎麼會連一個消防員朋友都沒有，自己一個人怎麼辦才好啊？那麼如果這裡失火的話，你也要自己一個人滅火嗎？」

「我不會滅火喔，那是消防員……啊，反正我不會滅火就是了。」

部隊火鍋的大嬸一副「這消防員怎麼一直講這種無聊的連環冷笑話啊」的表情，揣想著也許這在消防員之間是真的很好笑的笑話，但自己段數不高所以笑不出來，內心感到尷尬的模樣。然後她回答：

「哎呀，明明就會很英勇地滅火，來來，給你一些招待，好好品嚐了再走吧。」

「嗯……啊，好的。」

其實那家的部隊火鍋非常美味，但在那天之後，我的腳步就再也沒有向那家餐廳走去了。

在我居住的鄉下公寓社區裡，住著許多帶著孩子的家庭。搭電梯的時候，不管大人還是孩子都會互相打招呼，我很喜歡這樣的氛圍，所以每次都會主動先向鄰居問候，也會隨和地和孩子們打招呼。某天，我要去上班的時候，和一個四、五歲的小女孩及她的媽媽一起搭電梯。我非常喜歡孩子，尤其像這些剛會開口說話的孩子，所以臉上帶著燦爛的笑容看著小女孩。但小女孩用有些迷惘的表情抬頭望向我，媽媽似乎察覺到孩子的視線，所以用慈祥、又有些開玩笑的語氣對孩子開口說：

「藝麟啊，是喔咿喔咿叔叔啊，喔咿喔咿喔咿喔咿喔咿。」

喔咿喔咿叔叔！我當下真的受到非常大的衝擊，瞬間腦子變得一片空白。在此我要重提一次，我的未來志向曾填寫過消防員，而且也非常喜歡孩子。由於不想讓孩子失望，所以做出不知道在哪裡看過的動作，將雙手放在頭上，擺出像一閃一閃轉啊轉的手勢，繼續保持著燦爛的微笑，對著孩子說：

「是啊，叔叔，喔咿喔咿喔咿喔咿喔咿呀。」

雖然不知道孩子是想到了什麼，還是引發了她的好奇心，看著我，她也試著展現了小小的演技。

「喔咿喔咿叔叔，消防車車噗～噗～噗～」

既然已經到了這個地步，我也無法停下來，立刻像個大傻瓜似的用肢體動作，假裝自己在開車，而且開的還是一台大車的姿勢來回應小女孩。

「叔叔，消防車車噗～噗～噗～噗～」

這時可能激發起孩子好奇心的本能，她放開了媽媽的手，用她短短的小手臂，以自己的方式，大大地揮舞著自己的手臂表演著，並且在狹窄的電梯裡大聲喊叫：

「叔叔滅火，水水刷啦啦啦啦啦啦～」

不要說是滅火了，我連消防水管一次都沒抓過，但已經沉浸在消防員的演技之中，眼裡看不見其他任何東西，最後甚至還像是死命地緊抓著消防水管，往火海翻騰五層樓高的建築物噴射強力水柱，一面沉醉在這個有點像在彈奏吉他的動作之中，一面配合著大叫：

「滅火啦，叔叔來，刷啦啦啦啦啦啦～」

「叮咚」一聲，電梯門瞬間打開了，一臉呆滯的中年夫婦就這樣站在門外，用一種「到底火要怎麼滅？」的表情望著我。孩子的媽媽一臉僵硬地對我行了注目禮之後，就趕緊抓著孩子的手迅速走出了電梯。剛才的熱情一下子突然熄滅，我尷尬地咳嗽清清喉嚨。

「咳咳，您好，祝您有個美好的一天。」

過了一會兒，也沒人指使，我乖乖地立正站好擦了擦冷汗。電梯的門，今天關得格外緩慢。

제 16 장

死亡是平等的嗎？

你問我，死亡是平等的嗎？……嗯，先分成兩個部分來談談吧。首先，醫學就是科學，所有的一切都得數值化、公式化、量化才行；死亡，也是如此。從非常時期開始，就有許多科學家對死亡的過程與實際結果進行對照與研究，而現在透過醫學，我們獲得了預見死亡的驚人能力。醫院裡的醫生穿著白袍，成為了現代醫學的尖兵，放眼望去，死亡極其平等。我們就來談談這些吧。

某個像往常一樣在急診室工作的半夜，一位觀察死亡的學生問我：

「老師，人什麼時候會死呢？」

這是一個既常見、又概括而不具體、相當不怎麼樣的一個問題，就在我準備要開口責備這名學生的時候，腦中突然閃過一個念頭：「說真的，人，到底什麼時候才算死了？」

於是，我帶著這位學生到了安靜的醫務室，準備開始授課。在那之前，我已經做過無數次的死亡宣告，但卻從未對死亡做過概括性的整理。對於死亡，我以科學為立證，還有那些我個人做的死亡宣告，以及那時所感受到的瞬間，在腦海中一一展開，我開始對學生講起課來。

「基本上，休克的人就是死了。所有的休克定義，可以是下列五種型態之一：循環性休克、神經性休克、低血量性休克、過敏性休克（因為抗原—抗體免疫反應，而引發全身反應），還有敗血症。換句話說，如果發生了這五種不可逆的休克，人類一定會死去。當醫生遇上心臟停止跳動時，醫生必須要判斷患者的休克類型是哪一種，究竟是否存在可逆性？例如，頭部碎裂的人屬於神經性休克，大致來說是無法挽救的；四肢全部斷裂的人，屬於低血量性的休克，是有機會救回來的；心臟痲痺屬於循環性休克，也是有可能救回來的；而癌症末期雖然屬於複合性，但根據情況的不同，也有挽回生命的可能性。

包含上述在內，可逆性的心跳停止主要源自十一種可矯正因素（6H5T）：缺氧、低溫、低血糖、低血容、高／低血鉀、酸中毒（人體血液呈現酸性狀態）、氣胸、心包填塞（心臟因外部因素而受到壓迫的狀態）、肺栓塞、冠狀動脈栓塞、毒素。這句話反過來說也代表著，這十一種因素能導致人類死亡。如果無法掌握心臟停止跳動的原因，醫生就需要將這十一種狀況全部納入考量範圍之中，尋求解決方法，如此才能挽救患者的生命。但是，這不是單純在這十一種因素中尋找出一樣，就可以解決的事情，因為有可能同時存在兩、三種因素而引發狀況，所以必須找出造成現狀的根源才行。

不過，到此為止仍只不過是紙上談兵罷了。除了腦和心臟一旦受損，就會立即引發心臟停止跳動以外，人體中還有肝臟、腎臟、脾臟、胰臟、消化器官，與這些以外的其他附屬器官等所組成。醫學上也已清楚指出，當這些臟器一個個受損到某種程度而引發問題，也會進而造成生命危險。甚至當這些彼此密切關聯的內臟器官同時出現問題時，醫生可以預測這將會引發一連串相關的損傷，也能根據人體可承受的數值極限與綜合情況做出判斷，同時可能與五種休克情況和十一種死亡因素相伴發生。對於這樣的情況，你還需要更多的學習與經驗，如此一來，你就會擁有一雙可以看見死亡的雙眼。」

這就是我講課的內容。學生聽著這突如其來、冗長煩悶的說明，顯得有些頭昏腦脹。但與其說是對學生講課，倒不如說是對我自己講課更貼近吧。總之，這可以說是身為早一步學習醫學的前輩所能做到、並且以極其科學性的科學家角度所發表的一堂講座吧。就連我自己也有些驚訝，因為在不知不覺之中，我竟然已經處於一種以醫學方式、將死亡完美地整理妥當的狀態了。以這種方式在醫院工作的話，死亡在這樣的公式下將完全平等，不管是誰都無法脫離醫學學者所整理出來的經驗與公式，就算發生了例外，這也屬於醫學、科學可能發生的範疇裡。在這樣的公式中，沒有男女老幼之分，對於躺在醫院裡的人來說，適用的物理法則也只有醫學。不管是誰，只要踏出高高在上的神所規定的範圍之外，就只有死路一條。就連身為一名凡人的我都能預測的所謂「死亡」，還真是平等到令身為醫學學者的我不悅的程度。

不過令人感到羞愧的是，我同時也是一名寫作的人。如果我一直根深蒂固地認為「死亡是平等的」，也許打從一開始我就不會提筆寫作了。醫生幾乎住在醫院裡，但患者的生活並非只在醫院，患者大部分時間都在醫院外生活著，出了什麼意外才會來醫院就診。而由於職業的關係，每天看著蜂擁而入的患者們，醫生很容易就對死亡的偶然性感到麻痺，因為醫生們在一天之內，得以科學的方式重複不斷地對死亡做出解釋，機械般地處理好幾次的死亡。

我身處這個夾縫之中，或許自然而然地會想起那理所當然的法則。從地鐵上掉下來的老人，截斷了兩條腿而活了下來；從一樣高度跌下來的兄妹，結果一個死了，另一個卻活了下來；看起來可能立即就要死去的癌症末期患者，勉強地撐到明天才離世，面對這類例子，我們能只用物理法則來解釋人類史上最戲劇化的死亡嗎？死亡的橫行霸道與其殘忍的形象、驚人的突發性，以及緊密連結的悲傷特質，使得死亡自古以來總被戲劇化與神格化。死亡，從一開始就擁有著無法說是平等的性質。

「死亡，對於任何人來說都是平等的嗎？」一開始會想提出這樣的疑問，我認為是因為我們很容易只從側面角度去觀看死亡。就算人在同年同月同日同時出生，也不會在同一個時間死去。關於死亡，討論仍然會繼續下去。如果死亡最終無法迴避、也無法預測的話，那麼一開始關於死亡是否平等的二分法問題，不就顯得沒有意義嗎？即使如此，在這理所當然的問題面前，我也只能低下頭來，於是直至今日，我仍提筆寫著關於死亡的思考。

제 17 장

擁有「光滑大腦」的十一歲孩子

正值擁擠的急診室，掛號電腦螢幕上出現了一位患者的名字和個人資料。十一歲，是一個有著「雪希」這般美麗名字的孩子。

孩子就像在表明自己就是擁有這名字的主角，躺在一一九的擔架推床上被推了進來。似乎習慣了狹窄推床似的，躺在上面的孩子身材乾癟又瘦小，根本看不出有十一歲。孩子四肢的末端全都縮成一團，她的手看起來沒辦法抓住任何東西，腳也無法踩在地上。乾癟瘦削又扭曲的身體雖然相當醒目，但最吸引所有人目光的，卻是孩子那顆比熟透的西瓜還大上許多、又圓又大的頭。那大小約是一般成人的頭的兩倍左右，眼睛、鼻子、嘴巴都在擠在臉的中央，頭頂附近腫得很大，所以從遠處就能看到孩子的頭顯得特別突出。

當我近距離靠近雪希時，腫脹得像顆氣球一樣的頭，配上瘦削纖細的身體，給人一種相當怪異的感覺。彷彿從未靠自己呼吸過一次似的，脖子中央插著一條呼吸管，肚子上也插著一條供給營養的管子。深陷肚皮中央的軟管周圍有發紅的潰爛情況，由此可知從外部直接供給胃部食物的狀況，已經持續好長一段時間了。從頭與身體，還有整體的情況來判斷，應該是典型先天性神經系統患者，而且也與病魔搏鬥很久了。但如果一輩子都以相同的狀態活著，我們能稱之為「與病魔搏鬥」嗎？不過就是這世上存在著如此的疾病，對她來說，這病就只是日常的一部分，或者這就是她的人生。

這樣的孩子通常會去同一間醫院，所以只要找出她的診療紀錄，就可以掌握她人生的一大部分了。我在電腦裡找出她的名字，將她這段日子以來的所有檔案全都打開，電腦突然運轉得有些緩慢而不順暢，接著吐出一長串的目錄：「lissencephaly」、「平腦症」、「無腦迴症」等診斷病名重複出現。我反射性地想起學生時期曾看過的影像，這樣的病症又稱為「平滑的腦」（smooth brain），指的是原本應該要有許多皺摺與紋路的大腦，卻像魚卵般集聚在一起的影像。罹患平腦症的孩子，大腦天生就不會產生凹凸皺摺，因此他們從還在母親肚子裡的時候開始，大腦功能就不曾發展過。

平腦症的孩子幾乎不可能正常成長，精神方面、肉體方面都會經歷成長遲緩的狀況。他們經常抽筋，全身肌肉會變得嚴重僵硬或鬆軟無力，臉部表情也大多扭曲變形。大致來說，他們也沒辦法吞嚥食物，指尖、腳掌也會出現畸形的狀況。就和其他神經系統的疾病一樣，沒有治療的方法，只能在他們短暫如蜉蝣般的人生中盡力維持生命。電腦上出現了像是超出負荷那樣多的病歷，許多咳嗽、輕微發燒等相似的瑣碎診療紀錄，以及反覆不斷住院、出院的日期。我很快將這些病歷資料看過後，大致掌握孩子的狀況，就前往去看患者了。

孩子身邊站著一位老態龍鍾、一眼望去個性相當頑固的老爺爺。他以不甚滿意的眼神直盯著護理師替孩子測量血壓、體溫等生命徵象的動作，使經驗老道的護理師也顯得有些緊張。老爺爺似乎對於來到這個被稱作急診室的地方感到相當不高興，一臉氣呼呼的模樣。我穿越這奇妙的氛圍，走近孩子、準備為她診療。老爺爺那盯著初次見面的我的灼熱視線，讓我倍感壓迫。

「發生了什麼樣的狀況，所以送這孩子來醫院呢？」

「第一次碰到的醫生呢，這間醫院有病歷，病歷上都有寫。不要你來治，應該要叫以前治療我們家孩子的那位醫生來才對啊，你別碰我家的孩子。」

「因為您是送到急診室，就算之後會請小兒科的醫生過來，現在也要先讓急診醫學科的醫生，也就是我，先確認孩子的狀態才行。」

「這該死的程序、這該死的醫院，這家爛醫院每次都有問題！」

老爺爺完全沒提到孩子的狀態，那氣勢彷彿要揪起醫護人員的領子。

「老爺爺您雖然是第一次見到我，但我已經將孩子先前接受過的治療紀錄全都看過，掌握清楚情況才過來的。只要您告訴我這幾天孩子的狀況，還有為什麼情況就醫就可以了。在小兒科診療之前，我先確認過孩子的狀況後，會再轉達給小兒科醫生的。」

雖然好像順利將他的氣勢壓了下來，但老爺爺的嗓音還是帶著怒氣。

「因為便祕所以送來醫院的，應該要排便的時間過了，孩子卻完全沒有排便，而且看起來肚子也很不舒服的樣子。」

我輕輕地將手放在孩子的肚子上，孩子的臉扭曲到根本不知道她在看哪裡，只是發出「啊啊」的聲音。這孩子活到現在也只發出過這聲音，而老爺爺一輩子也就靠著聽這聲音的變化，以判斷這孩子的狀況。與老爺爺的擔憂不同，孩子的肚子摸起來軟軟的，也沒有鼓得很大，腸子的聲音聽起來沒有很糟。

由於孩子本身的疾病，使得整體狀況一開始就不樂觀，就算身體有危急的問題也可能沒注意到，因此我先下了拍腹部X光片的指令，並打電話請小兒科醫生過來。老爺爺這段時間都直挺挺地站在角落，以不滿意的眼神緊盯著路過的醫護人員和急診室的一切。

不久後，接到呼叫的小兒科同事很快抵達急診室，與孩子及老爺爺面談。可能是見到熟面孔，老爺爺的表情稍微變得和緩，開始與小兒科的主治醫生對話。孩子就安置在兩人中間，兩人的對話持續了好一段時間。當診療結束之後，我靠近小兒科同事身邊，向他詢問關於那孩子的事。

「第一次在急診室看到平腦症的患者，但那位老爺爺為什麼這麼龜毛挑剔呢？」

「那位爺爺啊，在我們小兒科可是相當有名的人呢。通常帶有這樣疾病的孩子沒辦法活多久，大概撐到兩歲左右就過世了，他可是讓這樣的雪希活超過十歲的人啊。我甚至認為是老爺爺極其誠摯的心意感動了上天，才能讓雪希活到現在啊。可能是因為與疾病搏鬥的時間久了，才會不喜歡由陌生的醫療人員診療雪希，反應比較神經質一點。」

「可是孩子的爸爸、媽媽在哪呢？為什麼是爺爺在照顧雪希呢？」

「這個我也不是很清楚，但雪希的父母好像離婚了，可能也不知道該怎麼照顧這孩子就逃跑了吧。平腦症的孩子到出生後幾個月為止，一切都看似正常，父母要一段時間才會漸漸發現孩子的發育遲緩。當父母意識到孩子不正常，夫妻的關係也會惡化，責怪彼此是對方的錯，吵架吵個不停，最後走向離婚。所以爺爺把照顧這個獨自留在世上的孫女的責任一肩擔下，從此以後爺爺就再也沒有自己的人生，一心一意地照顧著這個孩子。每天幫孩子換尿布，接孩子的大小便，一到用餐時間就用注射筒餵食流質食物，怕孩子長褥瘡於是每小時幫著變換姿勢，用那年邁的身軀把孩子抱起、放到輪椅上帶孩子去散步，只要聽到孩子『啊啊啊』的聲音、看似不舒服就馬上帶來醫院。維持這樣的生活超過十年，想想這段時間有多麼地辛苦啊。所以我們小兒科就算認為老爺爺有些神經質，也完全能理解體諒。」

「嗯……可是那頭腦感覺應該是腦水腫才對，整顆頭大到這程度的話，不是應該要考慮一下腦室腹腔引流手術（Ventriculo-Peritoneal Shunt，連接腦部到腹腔，將腦中的積水排出的手術）嗎？」

「別提了，爺爺十年多來一刻也沒有離開過雪希身邊，一直在身旁照顧著她。爺爺到現在還認為雪希的大腦一定會長出來，他還一直懷抱著希望，認為總有一天她的大腦會突然出現皺摺，孩子就能說話、能走路。所以當我們提到要在頭部動插管手術，彷彿那顆頭明天開始就會立即縮小似的，爺爺生氣地極力反對，說我們要給他寶貝孫女做什麼奇怪的手術。雖然在醫護人員的勸說下，好不容易才動了手術，但並沒有發揮功能，結果就變成現在這個狀態了。那過程真的不是開玩笑的。」

小兒科主治醫生回憶起往事，繼續說了下去。

「之前，孩子沒辦法吞嚥食物，每次都用鼻胃管餵飯，所以鼻子裡面全都潰爛了，不能再用鼻胃管進食了。當醫護人員說現在已經到達極限，必須透過胃造口（透過胃，鑽個洞直接供給營養的方法）才行，結果爺爺也是大力反對。那模樣就好似明天雪希那潰爛的鼻子周邊立即會好起來，然後突然會坐在餐桌旁、拿著湯匙吃飯一樣。結果到了再也沒辦法繼續用鼻胃管的地步，才換成用胃造口來供給營養。每次都像這樣，就算醫護人員告訴他沒有希望，卻怎麼說明解釋都不聽，總之，是一個很了不起的人就是了。」

一瞬間，神經質老爺爺的表情和孩子的狀態重疊在一起了，那是為了保護這世界上獨一無二骨肉的表情。我腦海中浮現了整天躺著的雪希和老爺爺生活的家，爺爺看著熟睡或露出笑容的雪希，就像找到了生活的慰藉般的模樣。除了我們現場看到的幾個場景，老爺爺大概認為這世上就只剩下他們兩個人了吧，完全沒辦法用語言溝通，也沒辦法依賴他人，自己得承擔全部的一切，獨自照顧這個生病的孩子。拖著這樣沉重的行李往前走，但前方就像迎來即將侵襲所有的暴風雨，如果這樣的生活過了超過十年，對不熟悉的他人難免會變得挑剔刻薄。在這個世界上，唯一能守護這孩子的人，除了老爺爺沒有別人了。想到他的生活也是一場艱辛的持久戰，就可以理解老爺爺那理所當然的頑固從何而來了。

老爺爺和小兒科主治醫生兩人繼續多談了一下，不一會兒就決定讓孩子住院了。根據主治醫生的說法，孩子不管住不住院，她的病情都無法預測。其實孩子的狀況每次都差不多，只能靠著她發出的根本不算語言的聲音，還有那幾種表情來判斷，由爺爺來決定孩子是不是該住院。就算住院，醫院也沒有能做的特別醫療處置，只能靜觀其變地在一旁觀察孩子的狀況。而孩子的爺爺就在孩子的身邊，比任何人都更加真摯地觀察守護著孩子。

那天晚上，急診室幾乎沒人上門求診的凌晨時分，我因為好奇白天住院的雪希的狀況，也想親眼看看那位頑固的老爺爺怎麼守護孩子，所以請其他同事幫忙看著急診室，告知有急事再聯絡我之後，就提起腳步往小兒科病房去看雪希了。

孩子們都陷入深深的熟睡，小兒科病房非常安靜。我找到已經熄燈的雪希病房，遠遠地見到微弱燈光下躺著的雪希，以及在一旁閃著炯炯有神的雙眼、仍然清醒著的爺爺。孩子一動也不動地沉睡著，脈搏數與血氧飽和度在監控螢幕上同步轉播似的，無趣地畫出線條與數字。即使夜已深，老爺爺也沒有睡覺，只是瞪著雙眼，輪流直盯著雪希的模樣及螢幕上的數字。雖然那表情看起來相當頑固，但黑暗中仍能感受到他對孫女的關愛。我走回小兒科的護理站，詢問值班人員：

「雪希的家屬，原本就像這樣都不睡覺的嗎？」

「啊，原來是來看雪希的啊。雪希的爺爺通常幾乎都不睡覺，就只是那樣盯著孩子看。就算時間已經很晚，或是凌晨，只要他感覺孩子的狀況不好的話，就會任意地呼叫醫護人員。雖然有點麻煩，但也沒辦法啊，他對孩子的真摯在我們這裡非常有名。」

沒什麼好問的了，我轉身離去。我想那份頑固將會繼續緊緊抓著孩子的生命很久很久，只要能確認這個就足夠了。我想雪希以後還是會在爺爺的庇護之下過得很好，於是我下樓回到了急診室，繼續守護其他的患者。

之後的好長一段時間，我幾乎忘了這個孩子。某天，我偶然在急診室遇到了小兒科的同事，他一見到我立刻就提起雪希，告訴我不久前雪希突然死了。

那天也像往常一樣，爺爺在黑暗之中，看著雪希和畫著雪希生命跡象的螢幕畫面。夜已深了，一切都顯得如此的平祥安穩。恍恍惚惚間，十多年累積下來的疲倦襲來，怎麼可能一整夜完全不睡，老爺爺短暫地進入了夢鄉，暫時走入意識與記憶那黑暗的隧道之中。然而，當他再度睜開眼時，在螢幕上看到了十年多來一次都沒見過的數字與線條圖形。心電圖上，顯示了數字零與一條又長又筆直、無限延伸的橫向平行線，彷彿螢幕中顯現的一切，連接的是玩具娃娃或者無盡的虛空似的。

老爺爺在那黑暗的凌晨，哭喊著奔向護理站，而幾年來總看著爺爺和雪希的護理師們，直覺事態非比尋常，馬上就奔往雪希的病房。雪希大大的頭無力地癱在床上，緊閉著小小的眼睛，鼻子、嘴巴一動也不動，乾癟瘦削又扭曲的身軀完全沒有任何動靜，無力地垂躺著。那天夜裡，整間醫院響起了嘈雜的心跳停止警報聲，就連熟睡的醫護人員也驚醒了，起身奔向雪希。

同一間病房的其他家屬也全都醒來，在一旁觀看著。陷入恐慌的爺爺在幾位穿著白袍的醫生之間，顯得更加淒涼憔悴。醫生們在雪希脖子中央的洞，連接了像氣球那樣大的Ambu，使勁地將空氣擠入；同時也跪在脆弱的雪希身邊，彷彿要把孩子的心臟壓碎般用力地按壓。即使爺爺知道不這麼做的話，孩子一定會死，但當孩子的胸腔被壓塌的淒慘模樣就展現在他眼前時，想要阻止的心情使他忍不住伸出了手，指尖卻顯露出猶豫。爺爺克制地轉開視線，輪流看著地板與天花板，在白袍醫生之間極度焦躁地來回踱步。

「爺爺！雪希現在心跳停止了，您也知道雪希的大腦並不完全，所以當心臟停止跳動，腦部就會出現缺氧的狀況，不完整的大腦是沒辦法撐過這種情況的，我們會盡全力去搶救，但您可能要有心理準備，雪希可能很難撐過這一關。」

「為什麼？為什麼我們雪希會這樣？馬上就會變健康的雪希啊，為什麼會變這樣？」

「睡覺之前一切都很穩定，這種狀況通常是呼吸堵塞所引起的，請問半夜有發生過呼吸管堵塞的情形嗎？」

剎那間，爺爺全身變得僵硬發冷。昨晚，擦拭流到肚皮上流質食物的黃色手帕在眼前飄盪，記不太清楚那東西到底放到哪去了？而且清晨時隱隱約約聽到，雪希微喘著氣、不太舒服的樣子。是因為那個嗎？一條織線稀疏的小小黃色織物，它飄飄盪盪不知飄落到何處，然後殺了我們雪希嗎？

「那手帕……手帕……」

「暫時不能斷定原因，這孩子和其他罹患這病的孩子相比，真的已經活很長了，即使發生什麼事也都不奇怪。」

「我照顧她超過十年了啊……那條手帕……」

雪希很快就結束了她短暫的一生，零與平行線的心電圖再也沒有回到正常的狀態。彷彿這段時間以來一直享受著幸福，而現在是唯一悲傷的瞬間，爺爺悲慟地哭泣著。他緊緊握住已經死去、全身癱軟蜷縮的雪希手腳，臉貼在比自己頭還大的雪希頭邊，哭喊的聲音震撼了整間醫院。那模樣看在幾乎就像他們家屬的醫護人員，以及半夜醒來的鄰床孩子家屬眼裡，不禁全都紅了眼眶。那景象實在太淒涼悲傷，令人不忍直視地紛紛別過頭去。

天總算亮了，雪希身上覆蓋了白布，身穿白色衣服的職員推著雪希的病床往太平間走去。現在看起來一點氣力都沒有的爺爺，一對上主治醫生的視線，就用那有氣無力的聲音，像是喃喃自語的口吻說：

「我真的沒辦法相信雪希死了，推著輪椅帶著孩子四處奔波，其他人看到時都會嚇一大跳，我難道會不知道嗎？聽到醫院跟我說孩子沒有希望，難道我還自己一個人覺得充滿希望嗎？我也很清楚啊，我們雪希長得很奇怪，我也知道這個病根本沒有希望，但就算是腦子可以理解，心裡也沒辦法接受這個事實啊，因為這孩子可是我唯一的希望啊，又有誰可以放棄自己的希望呢？這孩子是多麼可愛，對我來說是僅存的家人、也是唯一的孫女。雖然得用管子吃飯，但她也都乖乖地吃啊。偶爾笑的時候，簡直就像是天上下凡的小天使一樣，只要看到她那樣子，所有的擔憂就會全部消失了。可是這麼可愛的雪希就這樣冰冷冷地死了，實際聽到她已經死掉的宣告，現在我才明白，原來雪希真的死了啊，這個不是夢，原來真的是現實啊。我這輩子都照顧並且愛著雪希，因為她是受人喜愛的孩子。雪希應該很幸福，我想在天堂，她也會很幸福的。」

老爺爺說到一半就哽咽，所以聽得不是很清楚。幾十年來如此頑固的爺爺悲傷哭泣著，抽噎地無法說話。護理站氣氛肅穆，沒有任何人打破沉默，老爺爺就這樣默默離開了小兒科病房。

在那之後，小兒科的醫護人員逐漸遺忘了雪希。今天早晨，擠滿了準備巡診的醫生們、正處理交接工作的護理師們的小兒科，突然出現了雪希爺爺的身影。由於沒有人不認識他，所有人都停下了手邊的工作、看著雪希爺爺。爺爺雙手拿著裝滿點心的便利商店袋子走了進來。雖然雙手看起來沉甸甸的，但爺爺的動作卻顯得輕盈。爺爺面帶微笑，對這段日子以來照顧孩子的教授、主治醫生與護理師們一一表達感謝之意。大家見到他的模樣，內心也感到相當不捨與惋惜，可是爺爺看起來非常舒適自在，從這一點來看，或許爺爺的奮戰已經告一段落了吧，小兒科主治醫生如此轉述。

제 18 장

困在豔陽下的孩子

我正在等爸爸。這裡雖然很窄，但在非常熟悉的爸爸車子裡，我總是躺在同樣的位置，一如往常地等待著爸爸趕快回來。今天爸爸也很快就會回來的，我不會亂動，會乖乖地守在位置上。

爸爸說「那件事」發生在我六歲的時候，在那之前我是一個非常活潑又冒冒失失的孩子。到了快滿一歲的時候，比別家的孩子還要更早就學會站了，也比其他人還要更快開始走路。我對那段時期記不太清楚了，只是依稀隱約還記得，用兩隻腳奔跑時，外頭空氣拂過臉龐的感覺，又或是輕輕將坐在小草、花葉上的蝴蝶與螳螂放在手掌心裡，觀察著牠們的一舉一動。

後來才聽說那是六歲的時候，那天，我也正往哪裡跑著。我正在玩的球滾了出去，所以身體反射性地跟著追出去，再次睜開眼睛時，我已經在醫院了。我活下來之後，想要仔細回憶那天所發生的事，已經努力了好幾百次，但是，印象實在太模糊了，實在沒有辦法正確地想起來，所以沒辦法說得很詳細。大概只記得用雙腿跑了過去，然後感覺頭暈，接著就在醫院裡待了很長的時間。雖然不知道為什麼，但在醫院裡度過的時間卻記得很清楚。

醫生斬釘截鐵地說我快要死了，那句話我聽得清清楚楚，所以感到很害怕。爸爸和媽媽每天都在我旁邊哭泣，爸媽傷心的話，我也會很傷心，所以我每天也想一起哭。但就算不是因為爸媽，我只要一睜開眼睛，就會因為太痛苦而哭了出來。頭也痛得像是要裂開似的，就連一根手指頭也動不了，每次呼吸也都覺得很累。只要睜開眼睛，看到的總是醫院那白色的天花板、爸爸媽媽蒼白的臉，還有每次都很忙碌、匆匆趕往某處的醫生。如果我還能握著筆畫畫的話，現在也能馬上畫出跟天花板一樣的格子花紋；如果我可以走路的話，就可以正確地找到看得見這格紋的地方躺下。雖然已經是很久以前的事情了，但這些記憶實在太鮮明了。

突如其來的意外，聽說讓我的頭破了，頸椎也骨折了。一開始我無法理解，為什麼脖子受傷了，可是卻連手、腳都不能動呢？用醫生的話來說，我這輩子差點連獨自呼吸都不行了，所以現在拿掉呼吸器還能活著，真是個奇蹟。現在我已經知道了，如果脊椎受傷的話，下面的神經就會麻痺，但是人體的形成為什麼會是這樣呢？還有，那天為什麼偏偏會發生那件事呢？我至今仍然不明白。

從醫院出來以後，我就一次也沒有用過我的手腳了，不管是誰拉著我的手，甚至用針刺我，我都完全沒有任何感覺，只不過是一顆頭貼在我的身體上罷了。但是，我可以說話，也可以吃飯，照醫生所說，我的人生當然是一個奇蹟。聽說很多人雖然意識相當清楚，但是沒辦法自主呼吸，所以一輩子都要戴著呼吸器直到死亡為止。他們說我差點就要變成那樣了呢，所以父母都說我是個像奇蹟般的兒子。

那天過後的十年裡，父母不管做什麼事都和我一起，特別是爸爸，爸爸變成我的分身了。不管去哪裡我都必須要坐輪椅，每次爸爸都會直接把我抱上輪椅，我坐在爸爸幫我推的輪椅上去了很多地方。到了吃飯的時候，爸爸就會輪流用兩支湯匙，爸爸一口、我一口，一起用餐。不知道該不該說是托這的福，我的身體也長大了，變得更重了。

爸爸說我雖然身體上有障礙，但意識很清楚，所以必須要讀書，因此每週會帶我去特殊學校上課三次，也總會在下課時來接我回家。爸爸也會配合小便時間幫我直接接小便管來解決，告訴我不可以維持一個姿勢躺太久，所以也會幫我換姿勢。我沒辦法好好自己咳嗽，如果積痰的話也容易得肺炎，所以只要生病了，爸爸就一定會帶我去看醫生。幸虧有爸爸，我最近都不怎麼生病呢。

可是，最近爸爸身體有些不舒服，好像是因為我的關係。長時間以來抱我、移動我，所以現在他的腰會痛，而且最近還被診斷出風濕性關節炎。雖然很喜歡爸爸那熟悉的雙手「碰」一下，把我懸空抱起時的感覺，可是每次都感到對爸爸很抱歉。如果我自己可以動的話該有多好呢？我每天都這麼想著。晚上睡不著的時候，也會看著在一旁熟睡的爸爸，他總是相當疲倦的模樣。

今天是爸爸去醫院的日子，除了平日經常去的整形外科以外，爸爸說還要治療一下他的風濕性關節炎，他說自己從腰開始，每一塊骨頭全都很疼。我們不管是誰生病了，總是一起去醫院，因為爸爸不管去哪裡都會帶我一起去。就跟平常一樣，說他看一下醫生很快就會回來了，所以我就在車裡等著爸爸。

可是，今天爸爸好像有點晚了。其實從剛剛開始就感覺怪怪的，而且很悶，呼吸的空氣漸漸變得愈來愈燙，好像喉嚨都要燒起來了一樣。這麼熱是第一次，喔，不對，是燙，好燙啊。意識似乎開始漸漸變得模糊，就像每晚快睡著時一樣，或者，就像是那個時候，和「那一天」一樣。

◆

我是一名孩子的父親，雖然這就像是呼吸一樣理所當然的事，但有時候也是很累的。我的兒子是手腳都不能動的重度身障兒，如果沒有父母幫助的話，日常生活根本什麼都沒辦法做。為什麼我的兒子不能像其他人的兒子一樣，自己去上學、奔跑玩耍、自己回家、自己吃飯呢？很多時候我感到既委屈又傷心，因為他是一個心地善良、乖巧的孩子，總是說就算自己這樣跟爸爸過一輩子也沒關係，可是沒辦法展現更寬闊的世界給他看，每次內心都感到很抱歉。就像蝴蝶破蛹而出、展開雙翅一樣，我也每天都希望孩子可以靠著自己的力量走路，靠著自己的力量去體驗這個寬廣的世界，但現實生活中，孩子總是躺在床上，或是坐在輪椅上。每當這種時候，我們夫妻總是會忍不住想起「那一天」，就在我們的眼前，親眼目睹了那一個無法用言語形容的可怕場面。還有孩子徘徊在生死邊緣的那些時光，想起那令人厭惡的加護病房的景色，還有那些穿著白袍的醫生們，嘴裡落下希望與絕望交錯著的話語的許許多多個瞬間。

當醫生說孩子會死的時候、當醫生說孩子連話都不能說，只能永遠躺在那裡時，我們夫妻好幾次下定決心，只要孩子能回到我們身邊，我們發誓會為這孩子奉獻我們的一生。就像奇蹟一般，孩子再度開口說話也恢復意識時，我們夫妻倆不知道有多高興啊，然後出院的時候，我們如約定，為這個生命付出了我們所有的一切。

從那之後就和孩子一起展開了新的人生。養育重度身障兒是嶄新的學習課題，我必須學習怎麼讓孩子坐輪椅、學習讓咳嗽的孩子不要得肺炎的方法、學習餵飯不會嗆到的方法，還要學習怎麼在孩子尿道裡放尿管，讓孩子排尿的方法、如何摳肛門讓孩子排便的方法也都得學會。無法動彈，像木柴一般的四肢一點一滴地逐漸長大，孩子也像其他人一樣開始了解這個世界。我不想他只是待在家裡、過著受到保護的人生，所以我們尋覓打聽了特殊學校，不久後就讓孩子開始上學。

孩子長大雖然是一件很幸福的事，但照顧長大的孩子這件事我顯得有些力不從心。幸好孩子很乖，也常常安慰我，所以日子也還算過得下去。可是我沒辦法做一般的工作，除了偶爾打打體力活的零工外，我沒辦法做其他固定時間上下班的工作，因為照顧孩子的事是不可以停止的。就這樣活過了十年，不知道是不是超過身體的負荷，原本就不太好的腰變得更差了，最近更是每根骨頭都痛得厲害，所以去了一家附近的診所看醫生，醫生說是風濕痛、要我到大醫院去看看，今天是去大學醫院的日子。

我們按照預約的時間，早早就從家裡出發了。因為我身體太不舒服的關係，所以要孩子在車子裡等我，孩子也說好。因為是早晨，天氣非常涼爽，加上來到有著完善冷氣設備的醫院，感覺相當清涼。

站在醫院的大廳裡，好似身體不舒服的人全都來到這裡一般。整形外科準時地按照預約的時間去了，可是診療延誤所以要我再等一下。一看到候診室裡擁擠吵鬧的患者，就想到留在車裡的孩子，內心很不自在，在整形外科看診、接受每次都差不多的治療之後，馬上就接著去預約好的風濕內科門診。原來那邊新來的患者必須要做抽血檢查啊，聽到那話之後，心裡忍不住一驚，心情也變得更加沉重。檢驗結束之後，聽到結果要之後才能確認，以後也得要定期好好接受治療才行這類平常交代的話。等我拿到處方簽之後才發現，時間不知不覺已經過了那麼久。

從剛才開始就很擔心孩子，一到了外面，豔陽四射，內心突然有一種很奇怪的感覺。雖然腰和關節都隱隱抽痛，但突然很想趕快看到孩子，我扶著腰，以半彎腰的姿勢跑到停車的地方。明明就停在陰涼處啊，但現在那個位置卻大咧咧地被陽光直射。一瞬間，汗珠從眉間簌簌地滑落下來，內心有著不祥預感，感到無法承受。

我趕緊按下了車鑰匙，車子「嗶」一聲，發出揪心的聲音。當我一手抓住車門把，就像有人放火燒過一般，傳來一陣滾燙的熱氣。當車門一打開，一陣強烈的熱氣就從車子裡噴發了出來。那瞬間，「不可以」就從我的嘴裡衝了出來，孩子……熟透似的火紅地躺在那……

「孩子，醒醒啊，你醒醒啊！」

「……」

孩子就像是死了一樣毫無反應。兒子那急促的呼吸聲，像一把銳利的劍刺進我心中，微弱到彷彿隨時都會斷掉一樣。即使車裡充斥像蒸籠般的熱氣，也令我打從心裡直發冷，啊，到底該找誰幫忙呢？該要去哪裡才行呢？醫生……醫院……醫院，這裡就是醫院啊，現在能夠立刻看孩子的地方是哪裡呢？腦海裡閃過剛才經過那人多擁擠的門診畫面，不行，現在，除了急診室……我趕緊把冷氣調到最大，用力腳踩油門，孩子的呼吸彷彿就要被燒斷一樣，快！就算快一秒也好，急診室，快到急診室去。

原先涼爽的早晨時分，現在被豔陽四射的酷熱所取代。從偶爾開啟的急診室自動門往外一看，短暫窺見室外的直射光線，帶著像要將整個世界都燃燒殆盡的氣勢。但這裡是急診室，一個無時無刻都人滿為患的地方，所以必須維持著適宜的空調才行。因此，即使到了夏天或冬天，在醫院工作的人都不太會感受到季節變化，季節時常在不知不覺中就悄悄溜走。儘管如此，外面的世界無庸置疑地相當炎熱，從外頭那些沒料到自己會來這裡的人們，他們那被汗水浸濕的衣角、說話時的嘴型與手勢，就可以感受到悶熱潮濕的氣候。

突然，急診室的自動門打開了。一個像是熱到快冒煙、全身曬得紅通通的人進來了。家屬看起來相當驚慌失措，眼神焦急地四處尋求可以幫忙的人。我反射性地起身走向患者，那明明就是一個孩子的臉龐與身體，但四肢卻枯瘦得像是一次也沒用過那樣。而且孩子頭上有著大大的疤痕，我猜想應該是腦腫瘤，或是小時候受到的外傷，再不然就是先天性神經系統的疾病。孩子此刻全身噴發出滾燙的熱氣，我的手貼上孩子的頭，手心立即傳來像是火球般滾燙的溫度，幾乎連汗都沒有流。拿著溫度計來的護理師告知溫度是四十點四度，不管用手捏或是拍打，孩子都沒有反應。我沒辦法判斷他是不是原本就沒有意識的孩子，還是因為意識模糊？

「小時候脖子受傷，所以四肢癱瘓，平常是有意識的。」

「孩子原本患有什麼病？」

「不是的，孩子早上沒有發燒，但孩子在大太陽下……」

「是因為嚴重發燒所以送來醫院的嗎？」

豔陽、四十點四度，大事不妙，是中暑。這麼嚴重的情況實在很罕見。

「可以說話，也可以自主呼吸嗎？」

「可以。」

「可是為什麼會把孩子放在大太陽下呢？」

「因為我身體不舒服去看醫生……在車子裡……不知道車子會變成這樣……」

「車子裡面？」

從簡短的對話就已足夠掌握情況了。如果是一個有意識、手腳可以活動的人，在這樣的豔陽下會感知到危險，也會知道要避暑。就算沒辦法，也會走到陰涼處去喝水。但若處於被迫而無法避免的狀態，或身體虛弱卻被放任不管，中暑可能導致死亡。而且還是在密閉的車裡，孩子很快就會被烤熟的。四肢癱瘓、豔陽、生病的父親、密閉的車內，一切的條件都對上了。我腦海中出現了「遺忘孩子症候群」一詞，雖然這個名稱就像在描述永遠記不起孩子的神祕狀態，但其實是指將孩子放在悶熱滾燙的車裡之後，卻忘了這件事，因而形成的症候群。

家屬帶著承擔世界上所有罪責的表情，視線一刻也沒辦法離開孩子身上。我見到這樣的情景，也沒什麼好說的，看過狀況再談吧。

集中精神，現在必須全神貫注在孩子身上才行。處理中暑患者的第一步驟，就是一定要讓患者的身體降溫。之後除了輸液和對症下藥，就沒有其他的處置了。我向正等待著指令的護理師說：

「先給孩子氧氣，幫他吊冷的點滴。然後脫去全身衣物，把水澆到皮膚上，並用電風扇吹，讓他降低體溫。啊，這種程度的話……現在可以使用心跳停止患者專用的低體溫機器嗎？」

「可以使用，但這不是停止心跳患者專用的嗎？」

「像這種程度的話，也可以給必須急速下降體溫的中暑病患使用。」

我轉過頭來對家屬說：

「孩子現在中暑了。我們人體中對熱最敏感的部位就是腦部。雖然人的腦部可以撐到某種程度的高溫，但若是大腦的溫度上升，而裡面的體溫調節裝置無法支撐的話，大腦就會投降，孩子的體溫就會瞬間急遽上升。像這樣體型小的孩子，比起成人體溫會上升得更快，即便時間不長，也會造成嚴重的中暑。因為只要在大太陽下，車內的溫度就會瞬間上升。體溫一旦升高的話，大腦就會變質，就等於把柔軟的腦給慢慢燙熟，這樣會造成整體神經系統的破壞，引起立即性的喪失意識，有時甚至會導致死亡。現在孩子受損的狀況已到了失去意識的階段，還會繼續進行到哪一個階段，現在我們無法得知。」

「您說不知道會繼續進行到那個階段，是什麼意思呢？」

「嗯，所謂的神經，一旦受損就不會再恢復了。但是腦部是大的神經團塊，如果和其他神經一樣受損時，我們無法確切得知是否有恢復的可能性。首先必須要降低體溫，看看能不能恢復意識才行，如果沒有恢復意識的話，那麼我們也無法得知何時才會恢復，也許可能永遠也無法恢復也說不定。」

家屬一臉非常驚慌，像是想起了什麼，繼續接連發問：

「怎麼辦？沒有其他的辦法了嗎？」

「像這樣的情況，有讓神經方面受損降到最小的方法。既然很有可能意識不會恢復，乾脆直接讓孩子的體溫降低到三十二度。由於腦部受損的關係，所以在恢復期間反過來讓大腦得到充分的休息，在加護病房至少維持這樣的狀態二十四小時，然後再透過喚醒的方式來確認意識狀況，這是最好的辦法了。」

「要讓孩子的體溫降到那麼低？那麼何時可以知道孩子會不會醒來呢？」

「要等到恢復正常體溫的明天才會知道。」

「如果除此之外沒有其他辦法的話，那麼，我知道了，那就拜託醫生了。」

我再度將全副心神貫注在患者身上。孩子體溫不久後降到三十九度了，但孩子在刺激下仍然動也不動，彷彿原本就是這樣生活。難道孩子真的一直以這樣的狀態生活至今嗎？我不禁嘆了口氣，現在是長期征戰的開始。

我按著機器，將目標體溫設定在三十二度，接著注射麻醉劑與肌肉鬆弛劑，打開孩子的嘴巴、插入管子並連接人工呼吸器。由於失去意識，所以必須輔助維持呼吸。如果中間突然恢復意識的話，三十二度的體溫也會因為太冷而無法撐下去，所以要用藥物讓孩子好好熟睡才行。接著我打開電腦程式，在孩子名字那欄點選了加護病房。我看著孩子，那扭曲歪斜的身體與接在身上琳瑯滿目的點滴，儼然一副重症患者的模樣。從現在起再過一天，明天就可以知道中暑治療的結果了。

載著三十二度體溫的冷凍人，推床移動到加護病房去了。在那之後，急診室持續接到孩子生命跡象穩定的消息，體溫照設定的溫度穩定維持。我一面想著那孩子，一面與忙碌的工作搏鬥直到深夜。急診室逐漸變得沉靜，我搭了電梯上樓，去看躺在加護病房的孩子。

加護病房的燈已全關，顯得一片寧靜，只有確認生命跡象的規律機械聲靜靜地迴蕩在這個空間裡。而那孩子就躺在角落，靜靜地靠著呼吸管用力喘著氣，腹部、兩側大腿上緊貼著大大的水墊。水墊裡有不斷循環的冷水，插入直腸的體溫計即時地傳達孩子當下的體溫，機器會根據孩子現在的體溫來調整水溫，好讓孩子的狀態維持在設定的溫度。我看向加護病房裡的基本設備與各種點滴及呼吸器，還有巨大的調整體溫專用機器，一大堆儀器與設備擺在身邊，孩子全身貼滿了湛藍的水墊，再加上原就瘦弱的模樣，彷彿真的變成了冷凍人，即將被送往未來。

孩子的生命跡象穩定，身為醫生的我也沒什麼能做的了。現在只能觀察孩子的狀態，祈禱孩子能夠挺過眼前面臨的難關，打起精神、清醒過來。希望孩子的大腦不要被燙得太熟，不要渡過那條無法折返的忘川。

那只剩下微弱燈光的加護病房家屬休息室，孩子的家屬就在裡面。在其他家屬鋪上被子或躺或坐的縫隙中，他帶著痛苦的神情坐在那裡。

「孩子現在狀態穩定，是否會恢復就要等明天醒來後才能告訴你。但這個孩子，小時候曾經發生過什麼意外嗎？」

家屬低下頭，猶豫了一陣子，開始娓娓道來當時的事。

「那是發生在他六歲的時候，孩子因為要撿球而突然跑到馬路上。那裡正好是迎向疾駛車輛的視線死角地帶，我家孩子、我家孩子的頭就這樣被開得飛快的車子直接碾了過去。我怎麼可能想像得到，滾動的車輪會有和我家孩子的頭與脖子相遇的一天呢？那場景就像見到幻影一樣，還發出了奇怪的扭曲聲音，我至今都沒辦法忘記。那奇怪的聲音，以及車子經過之後，那被折曲得不自然的脖子、躺在路上艱困地呼吸著的我那孩子的模樣。是我的失誤啊，如果有辦法挽回那個失誤，我願意為我的孩子奉獻出我所有的一切。」

「……」

「今天的事，也是我的失誤。因為早上天氣很涼爽，根本沒辦法想像這種事情會發生。而且孩子平常都乖乖地待在車裡，每次看到我辦完事回來，都說自己有乖乖等爸爸，表現得很高興。可是今天……又是我的錯啊。這次也下定決心，如果孩子能夠活下來的話，我會奉獻出我全部的人生，這樣是否有用呢？孩子的人生已經就是我的人生了啊，過去十年裡，為了孩子我什麼事都做了，但我對這孩子的人生，到底幹了什麼好事啊？我已經讓孩子的頸椎折斷過一次了，現在又因為我的身體不舒服，把孩子放在滾燙的火坑中不管，這樣的我，還配稱得上是父母嗎？現在就算說『要為我的孩子奉獻我的人生』這種話，都感到萬分抱歉。究竟除了人生，我還能為孩子賭上什麼呢？究竟這世上還有那種東西的存在嗎？醫生，我真的已經不知道該怎麼辦了。就算現在孩子好好地醒來，我也不知道該怎麼辦了；但是如果孩子醒不來的話，又該怎麼辦？我真的什麼都不知道了。」

「孩子，一定會醒來的，請先不要想太多……」

不知道該回答什麼，我的話語結尾顯得模糊不清，接著我從昏暗的加護病房家屬休息室轉身離去。我在看到孩子的那一瞬間，第一個念頭想到的是虐待兒童或放任不管，我對於這樣的自己感到相當慚愧。我從未養育過孩子，也從未以這樣的方式愛過任何人，超過十年的歲月，對這年幼的孩子，不斷地自責與必須照顧的那種愛。就像平常一樣將孩子放著，但這難以形容的偶然，尤其是不幸中的不幸降臨此處，這件事就這樣發生了。雖然當事者可能會感到自責，但世界上所有的意外就是這樣發生的：不知不覺之中，人就像被什麼東西迷住一般，彷彿災厄一直在一旁等待似的。

由於是酷熱稍微平息的凌晨，所以幾乎沒什麼患者。我蹲坐在深夜的值班室裡，想起那進到和冷凍室差不多地方的孩子，與那嗡嗡聲運轉個不停的機器；又想到那孩子與他全家人疲倦的生活、被困在無法動彈肉體裡，那孩子的精神與被燙熟的腦與脊髓；還有總是一把抱起不幸，以及不能動彈孩子的瘦弱四肢，那一雙父親的手臂。

加護病房並未傳來特別的聯絡訊息，我衡量了一下甦醒的可能性。那時一定沒有花多久的時間，就讓孩子達到那樣滾燙的程度，人的肉體何時、又如何跨越那一條線，最終只有神才知道。如果父親等候的門診病患少一個人或多一個人的話、如果停車的地方一直都在陰涼處，或者一開始就接近太陽曝曬的地方的話、如果孩子能挺得過來，又或是提早精疲力竭地放棄的話……這許許多多的情況全都互相拉鋸著，好徵兆與壞徵兆彼此激烈地競爭著，不知道究竟哪一種力量占了上風，緊緊抓著那一條繩子，而無論是哪一方緊抓住繩子，人生將終究有所斷定。最後，只能將所有的情況全都交付給命運與偶然。

我腦中浮現了孩子父親的話。

「把孩子放在滾燙的火坑中不管，這樣的我，還配稱得上是父母嗎……」

放任、火坑，身為家屬的父親隨著時間流逝，顯得更加脆弱。如果明天孩子無法恢復意識的話，被留在這悲慘的位置的他，是否能撐過未來可能會發生的痛苦呢？短短的一天之內，就憔悴成這地步……而且第一次意外已完全認為是自己的錯，那麼有可能避開第二次意外的自責感嗎？

夜晚雖然仍舊悶熱，我卻感到一絲寒意，繼續為急診室的患者看診。到了早上，我把剩下的患者們處理好，卻因為住院的患者所以還沒辦法離開醫院，還有一個孩子，我必須親眼觀察他的命運。

過了中午，孩子的低溫治療維持了二十四小時，現在需要兩小時的時間慢慢解凍。孩子冰冷的皮膚一點、一點變得鬆軟，完成整個解凍過程後，應該要停止所有藥物，確認孩子的意識。而體內分解所有藥物的過程，需要約一小時的時間，那之後就可以確認孩子的餘生，究竟會走向何處了。

待孩子的體溫接近正常，我就指示將全部的藥物停止，並且將他移動到加護病房。除了觀察這個孩子，我沒有其他要做的事了。家屬就像在等待徹底改變他一生的決定那般，站在加護病房門前。

原本貼滿孩子全身的水墊已全部摘除，昨天滾燙的熱氣已消失無蹤。除了不能說話以外，他看起來就像一個平凡的瘦弱孩子。現在只要他開口說一句話就可以了，如此一來，孩子就能恢復與之前一樣的人生了；但倘若這時候沒辦法開口，可能一輩子就再也不會說話、不會思考，更別說可能要一輩子戴著呼吸器生活。經歷了第二次意外的身體，不知道何時會惡化，或許他的餘生一輩子都無法脫離醫院也說不定。我伸出顫抖的手，輕輕撫摸孩子的臉。

「孩子，你醒醒啊。」

「……」

孩子反應遲鈍，雖然也可能是藥效還沒完全退的關係，但是我感覺不太妙。我由於絕望而感到眼前一片茫然，轉過頭來，看著那些毫無意義的機器數值，沒什麼異常。現在只要說一句「該把孩子送回家了」，就可以脫離這裡了。我有些用力地搖晃孩子的臉。

「孩子啊，打起精神來啊，醒過來吧。」

「……」

孩子默默不語，難道又一齣悲劇就此展開了嗎？就在轉身走向家屬的那一瞬間，我聽到背後傳來微弱的呻吟。

「啊，醫院……」

醫院，一瞬間我整個人精神振奮了起來，我立刻轉過頭來，抓住孩子的肩膀用力大叫：

「醫院，是你說的，對吧？醫院？」

「醫院，又是醫院。」

這句話，清清楚楚是從孩子嘴裡說出來的，真的是可以說話的孩子呢，而且以後也還能繼續說話啊。我大聲地呼喊：

「快，快叫家屬來，孩子醒來了。」

加護病房的自動門一開，家屬立即就向孩子衝了過來，一把捧住孩子的臉，大聲喊叫著：

「孩子，孩子你醒了嗎？」

「爸爸。」

「是爸爸啊。」

「您去哪裡了，爸爸？」

「爸爸哪都不去了……」

家屬帶著心痛欲絕的聲音繼續說：

「不會把你放著去別的地方，就算一下子也不會去了，這輩子再也不會把你放著去別的地方了……對不起，爸爸真是太對不起你了。現在，我們要一起幸福地生活下去。」

聽到那句話，所有的醫護人員也都發出微弱的嘆息。家屬以平時抱著孩子的姿勢抱著他，貼著臉哭泣著。孩子就像不知道自己到底發生了什麼事一樣，帶著無神呆滯的表情，看著天花板的格子花紋。如今，「奇蹟似的孩子」在經歷過「奇蹟般的事件」，又再度發生了奇蹟。「那一天」以後的平凡生活，每天都要將孩子抱來抱去、幫孩子處理大小便的生活；就連過著如此的日子，卻都要感謝再感謝的生活。在與那條界線及命運的明爭暗鬥裡，我們好不容易才又把孩子挽救回來。

家屬哭了好久好久，直到孩子的意識完全清醒，我也在一旁看了這樣的場面許久。我不知道對這個家庭來說，什麼樣的日常生活會繼續下去，又有怎麼樣的未來會來臨。我只會記得，差點就要永遠離開的一條生命，又完整地回到了這個世界，而我親眼目睹了這一切。同時，對這個家庭來說，奇蹟似的幸福會繼續下去好一段時間，我在內心深處如此深信，且深切企盼著。只是如此罷了。

제 19 장

一公尺的距離

那是一個無論是誰都不會感到悲傷的、陽光耀眼的白天。一名行人正走在街道上，他的腳步充滿了白日的朝氣與活力。突然間，無心地走在街上的他，聽見空中傳來了短促尖銳，而後卻帶著沉悶粗重的聲響。因為那聲響，他抬頭一看，眼前五層樓高的一扇窗破了，手腳掙扎的兩個人影從窗戶墜落而下。他簡直不敢相信眼前所見，就這樣瞪著眼看著事情發生。兩個人影沒有得以支撐的地方，四肢在空中胡亂揮動著，在他眼中就像慢動作一樣緩緩地掉落，那掙扎的模樣，就這樣硬生生地緊急迫降了。「碰」的一聲巨響，那是從來沒聽過的可怕聲音。

急診室的自動門如往常一般緩緩開啟，從那空隙間，我看見一輛推床急忙地奔馳而來。推床上載著一位急救隊員，正努力地施行心肺復甦術；而另一名急救隊員則一面跑，一面用力地擠壓手動人工呼吸器。我反射性地跑了過去，推床上面躺著一個孩子，一眼望去渾身是血。

「是什麼樣的患者？」

「十歲，從五樓墜落，心跳停止，頭部外傷相當嚴重。」

「怎麼會這樣？知道為什麼會墜落嗎？為什麼？」

「說是玩捉迷藏的時候，結果紗窗破掉，導致孩子掉下來。」

「啊……」

悲劇就像我們所呼吸的空氣那樣尋常，存在於日常生活中。但無論再怎麼習以為常，一定也有著更令人心痛的存在，就像這次的事件。我咬緊牙根，趕緊幫忙將推床推往復甦室。全部的醫護人員飛奔而來，集聚在復甦室裡。孩子被放在復甦室的中央，完全沒有脈搏與呼吸。我繼續施行著心肺復甦術，一面確認氧氣注入了氣管，並大喊著請其他醫護人員把衣服全都剪開。所有的醫護人員有條不紊地展開行動，我開始確認患者的狀態。

雖然渾身血跡斑斑，但仍能清楚地看出是小學生的臉和身體。他的四肢全都斷裂、散落四處，我用戴著手套的手拿出一整坨紗布，先從最重要的臉與頭開始擦拭。孩子塌陷的右半邊臉露了出來，臉部直接摔到地面上而被壓得平平的，那平坦的凹陷一直延伸到頭骨。我把被血浸濕的紗布一丟，再拿出新的一坨紗布繼續擦拭孩子的頭部。孩子右邊耳朵的位置不斷有鮮血湧出，頭部一側凹陷，就好像兩邊腦袋是分開來的那樣不自然。原本應該要是圓滑的頭骨，現在卻看來就像階梯似的層遞，真是令人毛骨悚然。

沒過多久，血塊大致被清掉了，從縫隙之間看見了孩子破裂的硬腦膜與碎裂的大腦。此時我腦中浮現醫學上一句常見的話：「如果能直接看到心跳停止患者的大腦，此時這位患者任何搶救都已不需要了。」雖然我不相信這句話，也曾努力嘗試了許多方法，但終究沒有一個人能從這樣的狀況活下來。這句話的確千真萬確啊。

「全部醫護人員停止心肺復甦術，患者已經死亡。」

在我目睹大腦的那一瞬間，孩子就已經死了，將被記錄為當場死亡。

那一瞬間所目睹的可怕殘象在我腦海中揮之不去。我抬起頭來，望向急診室的天花板，一位精神恍惚的急救隊員此時走進了我的眼簾。我為了收拾整理這裡，所以向他問道：

「和家屬聯絡了嗎？」

「醫生，其實還會再送來一名患者，是一起掉下來的妹妹。」

「什麼？你說有兩名患者？」

「是的，到達現場的時候，這個孩子掉落在水泥地面上，狀態實在非常糟，所以先將他載了過來，結果還是死了啊……另一名孩子掉到花圃裡，但因為我們急忙著趕過來，沒有徹底確認她的狀態，現在家屬會和那個孩子一起過來。」

「這樣的孩子竟然還有一個……我知道了。」

我深深地嘆了一口氣，更令人心痛的悲劇已無法用言語說明。不能再多增加一名死者了，我手心的肌肉抽動著。

「趕快把復甦室淨空，還有一名重症患者馬上就要到了。」

悲劇的前兆已充斥於整間急診室。雖然全部的醫護人員手中忙著其他的事，但就連我也不斷地偷看那扇緊閉的急診室自動門。強烈的預感使人受到影響，令人很快就變得全身僵硬，那微微的動靜，只要是有感情的人，一定都能清楚地感受到。自動門很快就與平時無異地緩緩打開，當人們意識到這是新的悲劇來臨的信號，所有人立即起身衝往同一個方向。

三名穿著橘黃色制服的急救隊員推著擔架推床進來，上面躺著一位脖子套著固定頸部的頸圈、四肢被繃帶層層纏繞的女孩。孩子完全無法動彈，只有眼睛眨呀眨的。在她身旁的女人，看來應該就是這兩個孩子的母親，一副失魂落魄、心神不定的樣子，模樣看來就像失去靈魂的空殼。她急忙地環顧四周，本能地發現我就是急診室的負責人，匆匆朝我走近，腳步飛快地就像踩在半空中。

「醫生，我家承浩，承浩現在怎麼樣了？」

「已經當場死亡。」

「啊啊！醫生，求求您。」

雖然有預感，但這也是沒辦法的事。她雙膝「碰」的一聲，就在我跟前跪了下去，緊抓著我那沾滿血跡的褲腳不放。膝蓋撞擊硬梆梆的急診室地板，鈍重的聲音異常響亮，刺進在場所有人耳裡。她像是忘了膝蓋是個脆弱的部位般，整個人垮了下去，與其說跪下去，倒不如說她像要將膝蓋砸碎似的。我能理解，那一瞬間，她根本不會在乎自己膝蓋是否受傷。

「別這樣啊，求求您，再試試看……請救救我們家承浩，拜託您了。」

「這是不可能的，他的腦袋已經破裂，在現場就已當場死亡了。」

「呃啊啊……嗚嗚，求求您，醫生。」

她將臉埋在我的鞋子上開始痛哭，那一刻，我想起曾在電視劇裡見過一模一樣的場面。為什麼人的情感表現到極致的時候，會看來像是演戲一樣呢？那些愚弄真實感情的人們，竟敢用那樣的方式演出真實的悲劇，這可是不行的啊，我內心是如此憤怒並厭惡著這一切。

沒過多久，那位母親好不容易放開我的褲角，昏了過去。我將她託付給其他醫護人員，然後推著小女孩的推床往復甦室移動。小女孩被安置在剛才死去的哥哥曾躺過的那個位置，一同進來的急救隊員說：

「手臂還算完整，腿的狀況還滿慘的，移動的時候請小心。」

「好的。」

「氧氣、血壓，來，一人拆掉一隻手的繃帶。拿兩根中央靜脈管和兒童用的夾板，也要確認呼吸道通暢，把衣服都剪掉，輸液幫浦和輸血，快，快……」

孩子對刺激產生了反應，也仍有呼吸，頭部的外傷並沒有特別明顯。我靠近了傷勢最嚴重的腿部，抓起了腳踝，並瘋狂地把繃帶往反方向解開。那感覺不像是皮膚，而像一團被碾碎的肌肉霎那間往繃帶外溢出來，不久後，露出了一具像小雞般脆弱的八歲女童的赤裸身體。全身上下看起來相當完整，一雙手腕往外凹折，兩條大腿全都爆裂，肌肉、韌帶及骨頭碎片散落四處。她似乎是在掉落墜地的同時，大腿往後背的方向折了過去。我一將她的腿抬起，大腿就像長出了新的關節一樣，肉團可以任意地擺動。我先把腿放下，將可以用肉眼確認的肌肉與皮膚，照著肌肉原本該存在的位置集中後，再用繃帶全都纏繞起來。

孩子沒有哭哭啼啼，也沒有吵鬧不休，只是睜著雙眼，眨啊眨地望向空中。我想起急診室裡那些下巴或眼睛上方裂開受傷的孩子，時常大聲尖叫著喊痛、又哭又鬧，那些孩子知道自己不會死，只是內心不安所以放聲大哭。但是，像女孩這樣生肉與骨頭不現實般地蹦了出來，卻沒有發出任何尖叫哭喊聲，不哭訴任何一絲痛苦，這是由於恐懼的緣故，因為不知道究竟會發生什麼事。恐懼讓孩子的身體無法抗拒地全身僵硬，也讓孩子對任何疼痛無法有所反應。才八歲的孩子，又怎麼能想像自己的雙腿爆裂開的景象呢？就連一次也沒見過自己血紅的肌肉、筋、血管，還有醫院雪白的天花板，穿著不祥衣物、以自己為中心忙碌奔走的許多醫護人員，孩子能馬上接納這一切嗎？對孩子們來說，這樣的悲劇，反而更像是「沒有發生的事情」。

「還好嗎？一定很痛吧？」

「……」

「你要說說話，醫生才知道你的狀況啊，還好嗎？」

「醫生，死掉的話會很痛嗎？」

「什麼？你不會死的，你會沒事的。」

「我哥哥很痛嗎？」

「哥哥……應該不會痛，死亡……」

「可是為什麼我這麼痛？」

「……」

「我一定會死，我哥哥不是也死了嗎？可是比起現在的我，哥哥一定更痛吧？」

我再也無話可說了。腦海中忽然浮現了剛才昏倒的母親，我必須先擺脫情緒才行。醫護人員們正在一旁忙碌地準備著。

我打起精神再度集中注意力，拿起粗大的管子插入孩子的鎖骨下方。孩子不知道在等待什麼，即使我將針筒收起來，她仍睜著眼睛，眨啊眨的。血壓穩定，除了四肢以外，我再次確認觀察了其他部位，似乎沒有大礙，應該可以活下去，縱然會一輩子跛腳，或者再也沒辦法從那位置上起身。

活下來的孩子在一切準備就緒後，被送到了檢驗室，急診室頓時沉寂下來。在復甦室後方，死去的孩子頭部纏繞著繃帶躺在那兒。這段期間昏倒的母親此時清醒過來，從病床上撐起身體、站了起來，接著本能地往死去的孩子走去。直到一小時前，還帶著滿足的笑容、在一旁看著孩子們在家裡跑跳嬉鬧的母親，現在宛如失魂落魄的幽靈。母親走到兒子的屍體旁，緊抓著碎裂頭蓋骨上的繃帶，靠著兒子那纏滿繃帶的頭，開始放聲痛哭。

「承浩啊，都是媽媽的錯，都是媽媽害死承浩的。那紗窗、紗窗……啊……媽媽死了算了。嗚，和媽媽一起回家吧，媽媽要把我們家的窗戶全都黏死，什麼窗子一扇都不留、全都封死。對媽媽來說，哪還需要什麼光線啊？孩子們都摔到地上死掉了……媽媽一輩子都不要再看到陽光。」

母親正進行著一場不切實際的談判。

「啊，媽媽才應該替你摔到地上的。媽媽摔斷哪裡都沒關係，只要時光能倒流，媽媽願意替你死，要媽媽跳樓一百次也願意，就算是現在也可以跳下去。承浩啊……窗戶……紗窗……媽媽從今以後只要生活在沒有光線能進來的地方，求求你和媽媽回家吧，要媽媽做什麼都沒關係，我馬上就把這窗戶……不，和媽媽回家吧，嗚啊……」

柔腸寸斷的哀戚哭聲充斥整間急診室，所有的人都停下了手邊工作，聽著這穿耳欲聾、尖銳的哭喊聲，感覺就像連聽者的腸子也要跟著斷成好幾節。這位母親哭得悲痛欲絕，就算她的腸子真的斷裂了，也一點不會令人訝異。這時，我突然感覺自己肚皮下方有些疼痛，只好輕輕揉著隱隱作痛的肚皮。

活下來的孩子平安地回到了急診室，生命跡象相當穩定，拿到的檢查結果顯示頭部和身體也都完整無缺。她與頭部垂直撞擊堅硬地面、接受了全部衝擊力道的哥哥不同，女童付出了四肢以換取生命。由於花圃裡鬆軟的泥土，墜落時的衝擊力重挫兩隻手腕後，便萬分幸運地停住了。

我打開孩子的X光片，單薄纖細的大腿任意地碎裂，往四處噴散。我心想：「原來這就是生命的代價啊，這該說是幸運嗎……」我沒能再仔細看下去，把照片檔案關上並大聲地呼喊：

「聯絡整形外科，是緊急手術。」

轉過頭來，看見沉浸在悲痛中、失魂落魄的孩子母親就站在那裡。

「您是說我家女兒也死了嗎？」

「不是的，可以活下去的。」

「我親眼看到，我女兒的腿全都碎了，散落一地。不，我從一開始就全看得清清楚楚，紗窗破掉，家裡的吵鬧聲突然消失的瞬間，還有不久後，孩子們的腦袋碎裂的可怕至極的聲音。一衝到外面，我家的孩子們就像被踩碎的蟲子，黏在地面上散落一地。而且我的女兒，就連運動場都好不容易才剛踏上的我女兒，那雙柔弱的腿露出紅通通的肌肉，往後摺疊，甚至哆嗦地抽搐著……那些，我全看到了，我親眼看到的。即便如此，您是說我女兒也會平安無事地活下去嗎？」

「雖然還要動手術才能知道狀況，但如果手術成功的話，以後可能還能走路。」

「如果能恢復到這樣的話，應該可以算是大幸吧？」

大幸，這是我不該說的話。如果這樣的話，那麼不幸，果然也是不該說出口的話語。

「……」

我開始吞吞吐吐，孩子的母親走到結束檢查的女兒身邊，無力地癱坐在一旁，痛哭失聲。孩子的母親想從我這聽到的話，從開始到現在，一句也沒聽到。

我一面想著兩個墜落的孩子，一面在急診室熬了一整晚，滿腦子都是從空中掉落下來的景象。我整晚在急診室裡跑來跑去，而孩子整晚都在接受聚集骨頭與肌肉的手術。

天亮了，當我正要往明亮的世界走出去的時候，那孩子則昏迷不醒地躺在加護病房。她有可能就這樣睜不開眼睛地繼續躺著，或也可能睜開雙眼，從八歲就開始迎接跛腳或殘廢的人生。她的命運就像閉著的雙眼，晦暗不明。

我離開了急診室，拖著沉重的雙腿，帶著疲倦的雙眼與眼前隱約閃爍的視線，搭上下班路程的地鐵。彷彿就要失去意識般地昏昏欲睡，但我還是咬緊牙根，搜尋著昨天的新聞。主播以沉痛萬分的表情播報著新聞：

「昨天下午兩點三十分左右，因紗窗裂開，十歲的哥哥與八歲的妹妹，這對兄妹從五樓公寓墜落下來。哥哥當場死亡，妹妹身受重傷。警察調查發現，兩人正在嬉鬧之際……」

鏡頭畫面帶到兩人勉強能通過、那破裂紗窗被拉近放大的特寫，彷彿孩子們隨即要從那裡墜落地面。馬賽克遮著孩子們墜落地面時所造成的隱約可見的血跡。在這之間，花圃和柏油路的距離，看起來連一公尺都不到的樣子。在模糊不清的視線中，看來大概只有一掌寬的距離吧，死亡與跛腳的距離、花圃與柏油路的距離、頭部與雙腿的距離。不，破裂紗窗的距離，還有捉迷藏與……胡亂掙扎的孩子們，以及親眼目睹這令人心如刀割的不幸的母親。

我開始思考命運與不幸，眼前卻一片模糊，什麼也看不清。

제 20 장

破碎的身體

人生是不平等的，不幸也是不平等的，甚至某些生命只是為了經歷不幸而誕生，就像是有人在創造這世界的時候，為了要告誡人們而將不幸與苦痛全都傾瀉到某一處而存在一樣。

眼前這孩子走路的方式怪怪的，與一般小兒麻痺患者特有的走路模式完全不一樣，從腿部外觀來看，彎曲的模樣也不同於一般典型的小兒麻痺患者。女孩伸出纖細又彎曲的雙腿，皺著一張小臉，小心翼翼地往前邁了一步，接著又慎重地踏出另一隻扭曲的腳。從一一九擔架到急診室那短短的距離，她以緩慢的腳步慢慢走了過來。要說是單純的走路不便，倒不如說走路這件事，對孩子來說相當陌生且痛苦。對走在街道上的路人來說，不管是誰都能踏出輕鬆簡單的步伐；但對這孩子來說，卻像是神賦予的苦差事或懲罰。

那孩子的母親一臉頑固，在一旁小心地觀察著孩子並且配合著她的步伐。雖然小心警戒確認著孩子有沒有走好，但卻沒有直接伸手去扶她，看來對母女兩人來說，這是相當熟悉的情況。

「是哪裡不舒服所以來醫院呢？」

「孩子的手斷了。」

孩子以一臉痛苦的表情將左手放上診療室的桌上，手臂中央以一種驚人的角度彎曲，而且顯得腫脹。

「您知道是怎麼摔斷的嗎？」

母親帶著滿臉倦容，彷彿就在等醫生問這句話似的，拿出一袋厚厚的資料往我面前推過來。那淺棕色的信封袋又皺又舊的模樣，似乎證明了那是孩子多年以來的病史，也看得出來孩子的母親總是將這袋資料抱在懷中到處跑的事實。一打開信封袋，裡面裝滿了許多白色的紙張與黑色的X光照片，我先拿出白色文件確認孩子的診斷病名。

「成骨不全症（Osteogenesis imperfecta）。」

雖然看來是骨頭生長不完全的意思，但實際上卻是我第一次接觸到這陌生的診斷名稱。於是我暫時向患者及家屬請求諒解，到資料室裡搜尋文獻資料。孩子的母親似乎已經相當熟悉這樣的情況，只是將目光轉向他處，默默看著某個地方。

「成骨不全症是指先天性的骨骼強度差、骨質脆弱，因此容易發生骨折的罕見疾病。患者即使在沒什麼特別的日常生活中也相當容易骨折，並同樣會感受到骨折的痛苦，骨頭癒合的速度也和一般人無異。」

這段敘述真嚴重，我繼續讀了下去。

「患者的骨頭相當地脆弱，出現駝背的機率相當高，大部分患者的關節也會彎曲，肌肉鬆軟無力。由於鞏膜異常的關係，所以眼白呈現藍色，從小耳聾的機率相當高，牙齒也常會有破碎的情形，沒有根治的方法。」

我的視線輪流看著文獻和孩子，孩子看起來比六歲的年紀顯得還要矮小許多。這樣小小的生命伸出彎曲的手臂，我感受不到她有任何一絲同齡孩子的活潑氣息，反而面露沉痛的表情、垂著一雙被藍色光芒環繞的眼睛，靜靜地坐在那裡。我轉過頭來看著資料畫面，對那生硬的文字完全沒有一點悲傷情緒，就這樣呈現在螢幕上而感到不可思議。每次遇到這種瞬間，我總是搞不清楚，這究竟是某人觀察著人類所記錄下的文獻？又或是根據文獻的紀錄陳述，人類才變成這樣子的？為什麼人類對於自己的同類，要不斷地記述著這樣的文章呢？

我抬起孩子彎曲的手臂仔細觀察，確實是斷裂了。當我碰觸她手上腫脹的部位，可能是感受到極度的痛楚，孩子的小臉全都皺在一起，齜牙咧嘴地露出了牙齒。那瞬間我所見到的牙齒全都是不透明的褐色，而且還不規律地碎裂，如同鋸齒，有幾顆牙齒從牙齦開始就斷裂，根本就看不見，結果完全如同文獻所述。天真幼童般六歲的臉龐，卻露出像鯊魚般尖銳的牙齒，讓人不禁感到害怕的初印象。

「孩子早上在睡覺的時候，手臂撞到床鋪的欄杆，說她的手又斷了。這是常有的事啊，如果把欄杆放下，結果不小心掉下來的話，孩子可能會『砰』一聲就全身骨折了，所以不得不加設欄杆。」

孩子的母親在敘述孩子手臂斷裂的經過時，就像敘述日常般平淡。但那一雙因不幸而滿溢著疲憊的眼神，我清清楚楚地看到了。

現在得確認X光片了，由於是罕見疾病的關係，所以急診室裡許多醫護人員都聚集在一起看檢查結果。我站在許多穿著白袍的人們面前，將那張黑漆漆的X光片拿出來，一張張放到發出白光的螢幕上。每放一張，就會聽到群眾發出的嘆息聲，因為那些X光片彷彿是一本真實生命親身經歷痛苦生平的傳記啊。除了受傷的左手臂，她才在牙牙學語的時期，右手臂和肩膀就像被人折斷成方便一口吃的餅乾一樣，碎裂成一小塊、一小塊的。儘管擁有裂痕的肋骨和扭曲的左腳踝，那照片中的主角還是在那黑白膠捲當中，不斷地長大。隨著時間的流逝，身上骨折癒合的位置一次又一次地累積，造成全身骨頭凹凸不平，前一個骨折還沒好，又有了新的骨折覆蓋上去。幾名醫護人員搖搖頭，但照片多到慘不忍睹，傷痕一點都沒有減少的跡象。我站在這些彷彿快要哭出來的視線面前，不小心把還裝有許多X光片的信封掉落在地上，那是一種害怕對抗人生的恐懼感。

「主啊，難道一定要讓一個人面對如此的痛苦嗎？為了要傾瀉不幸，一定要做到這種地步嗎？主啊。」

「從小時候就聽醫生說這種病沒有特別治療的方法，聽到耳朵都要長繭了，搞不好帶來醫院的路上又讓孩子哪裡的骨頭斷了。真的來到了醫院以後，醫院也沒能為孩子做些什麼，我只好親自守護著孩子，每天都只待在家裡。但今早孩子的手臂實在折得太嚴重了，才不得不來醫院。」

孩子的母親堅強地說出這段日子以來的種種，雖然孩子就像溫室裡的花朵般受到了百般保護與照顧，但即使如此，全身仍然沒有一處完好無損。我聽了這話之後，想像整間屋子到處都鋪滿了被子與軟墊，那狹窄的家，別說是餐桌、椅子的扶手，就連家裡所有的稜角和欄杆，全都用被子和軟布扎扎實實地全都包裹起來。那奇異的家，孩子每天以緩慢的步伐，只走在安全的家中，每到吃飯時，吐出偶爾會斷裂的牙齒；母親早上一睜開眼睛，就要確認孩子的四肢是否完好無缺，那不幸的家。

整型外科為了確定孩子現在的狀況，於是要她去照X光片。處方箋上面要求只要看起來有一點點彎曲，就全部都要拍照，所以孩子幾乎全身都得要拍。孩子踏著慎重的步伐，一步步小心地走向這輩子已經照過數千張照片的X光機，孩子的母親以一臉絕望的表情跟在孩子後面。新的生平傳記很快地又被記錄到畫面上，結果這個比她們所擔憂的要來得更加殘酷。

如同破皮的傷口癒合會留下傷疤一樣，骨頭斷掉重新癒合也會留下傷痕。當骨頭慢慢癒合時，會把尖銳的骨折部分包裹起來，透過這樣的方式，全身不同時期發生、難以計數的眾多骨折統統被拍下來了。在剛斷裂的左手臂附近，和最近斷裂的骨折重疊在一起，右手臂的骨折已經太多，顯得凹凸不平，腳踝也好像曾經斷掉過，剩下的腿骨也歪了，幾乎沒有幾個地方是完整的。剛才走出去的樣子反而令人感到神奇，因為身體不像是身體，應該說是各種碎片拼湊的組合才對。

到了這種程度，就算是父母也沒辦法碰觸這個孩子。牽著手一起走路，緊緊擁抱孩子分享溫暖的體溫，因為怕孩子受傷骨折，就連這些常見傳達愛意的行為都沒辦法做。我突然想起，當我來到這個世界，睜開眼睛的那一天開始，那不可抗拒的神就把我一縷一縷地撕成碎片，究竟我是否真能對抗這一切？

對於我們所提出的住院建議，家屬堅決地拒絕。

「既然醫生總告訴我這病不可能根治，那我真的不懂為什麼要住院？這孩子的骨頭一次也沒靠你們的力量癒合過，耶穌會讓這孩子的身體恢復癒合的。我們的信仰，將會拯救我們，至少不會像你們一樣讓孩子弄碎骨頭，耶穌會讓破碎的靈魂凝聚到一塊，向主獻上祈禱就能讓這變得可能。」

醫護人員堅決否定這句話。

「我們的確沒辦法讓孩子的骨頭變得堅硬，但神也是啊。在這裡的人，不管白天、晚上都會守護著孩子的骨頭，至少我們是為了實現這個目標而努力的人，難道這些只能全部交給神嗎？」

兩邊意見成為了平行線，無法互相說服。最後孩子還是必須得和家屬回去，我們只能將孩子全身都固定，不得不讓她出院。四名身材像熊一樣的整型外科醫生因為要處理傷口，所以將孩子帶進治療室。孩子可能預感即將面臨的痛苦，咬緊了像鋸齒般的牙齒，發出了高音頻的尖銳聲響。孩子的母親哭喪著臉，從醫生們中間擠了過去，跟著走進治療室。

強壯的醫生們緊抓著乾癟纖瘦的關節用力夾住，並纏繞上白色的棉花和石膏繃帶。幾個男生大大的手緊抓著斷掉的手臂並且將其矯正拉直，孩子的眼睛泛著淚光，從那已呈褐色的齒縫裡蹦出了尖叫。但令人驚訝的是，那聲音並不是喊著痛，或垂死般的慘叫，而只是為了強忍那習慣的痛苦而採取的行動罷了。

「為了我，幫我祈禱吧，為了我，幫我祈禱吧。快，向耶穌祈禱吧，祈禱吧，為了我，幫我祈禱吧。」

也許是經歷過無數次如此殘忍的境況，孩子的母親哭著跪下，緊緊抓著孩子從繃帶之間露出來的手指，用悲悽的聲音不斷祈禱著。

「媽媽會為你，會幫你祈禱的，為了耶穌和你，媽媽來祈禱，求你一定要活下來。現在正為了你祈禱，耶穌也在祈禱，正在祈禱，一直都在祈禱著。」

充滿了呻吟聲的急診室裡，母女兩人的尖聲叫喊與眼淚傳遍開來。在她們兩人的世界裡，似乎只有苦痛與祈禱的存在。當那撕裂般的聲音一響起，急診室似乎就像禮拜堂一樣變得無比虔誠。在一片淚海之中，白袍們默默把組成孩子的碎片集聚到一處，像要把那些碎片拼湊成一個完整的靈魂。

完成包紮作業後，彷彿穿著盔甲的孩子，現在已經沒辦法坐著，只能躺著伸直著四肢。在這之後，她就要被載回那充滿祈禱與信仰的家。從剛才刺耳的祈禱聲響起，就連一輩子都是無神論者的我，也開始跟著祈禱。不得不這麼做，為了那肉身雖然裂成碎片，但曾是一體的，那孩子的靈魂。

제 21 장

重症外傷中心的現況

二〇一六年九月三十日，全州發生了一起兩歲孩童與奶奶因交通意外而死亡的事件。

孩子在擁有全北大學醫院的全州發生交通意外，由於拖吊車從兩歲孩子的大腿、骨盆、腹部和腳踝壓過，因而成了重症患者。醫生必須替孩子立刻矯正骨盆，並趕緊切開腹部、替出血的內臟止血才行，手術必須愈快愈好。腳踝的開放性骨折，也必須透過微創手術處理。全北大學醫院的急診室收到患者後，立刻評估在院內進行手術的可能性，時間是晚間六點，系統上雖然顯示晚上有兩間手術室可供使用，但考量到其他條件，孩子要和奶奶一起動手術是不可能的。

如果不能在院內動手術的話，就要立刻轉到可以動手術的醫院才行。接手的醫院從頭開始替患者做綜合的處理，才能提升患者的生存機率，最好的選擇就是轉到鄰近的醫院。韓國現在的轉院系統，必須要逐一打電話像其他醫院確認，於是主治醫生就從距離最近、並且可以治療外傷的醫院開始一間間地打電話。

附近的圓光大學醫院以沒辦法處理為由拒絕了，現在轉院的詢問電話得要跨道才行。但問題就從這裡開始產生了，全羅北道的重症患者如果無法在全北大學醫院、或圓光大學醫院動手術的話，就一定得要跨越一個道以上的距離才行。大田的乙支大學病院、忠南大學醫院或光州的全南大學醫院，不管再怎麼快，最少也要花上一個半小時以上的時間。

如果站在接到轉院電話的醫院立場來看，兩歲孩童重症外傷、腳踝微創手術，一個個都是站在生死交叉路口上的艱難要求；況且小兒外傷的處置本就要求嚴苛，移送患者的時候，也肯定會讓危險度提高，這時也可能出現責任歸屬的問題。即使被指定為外傷中心，如果沒有具備充分的條件，反而會讓患者陷入更加危險的處境，因此原則上會決定不要接收患者。基本上，醫療人員不得不抱著悲觀的想法來接聽電話，無法接受轉院有著各式各樣的理由，醫院要充分符合全部條件在現實中是相當困難的。實際上遭遇轉院詢問時，由於手術房不足、加護病房病床不足、急診室飽和、無法進行微創手術、無法動小兒科手術等各種理由，要爽快接收年幼患者的醫院簡直屈指可數、少之又少。撇開消極悲觀的想法，事實上有能力做這些手術的醫院本身，鐵定也已遭遇患者們蜂擁而入、病患過於密集集中的狀態了。

根據報導，全北大學醫院打到全國各處共十四通的轉院詢問電話，皆因不同的理由而全都失敗，但為了全州受傷的外傷患者，仍不得不持續撥打電話到各地的醫療單位。如果幸運遇到對方醫院願意接收，患者在需要手術的狀態下，必須盡快安全地被送往國內某處；但願意接收患者的地方卻連一個都沒有，因此孩子就在全北大學醫院的急診室裡等待了六個小時。最後透過國立中央醫療院聯繫，搭直昇機送到位在水源的亞洲大學醫院。抵達亞洲大學醫院時已是半夜了，送入手術房，孩童患者就在隔天的凌晨四點四十分宣告死亡。這就是赤裸裸展現韓國重症患者治療體系問題的事件。

在此，我不得不談到體系問題與經濟理論，因為醫療體系就和其他領域一樣，也對經濟理論相當敏感。醫生們用功苦讀多年，為了拿到執照與得到專業上的認可，做了很多投資，這結果決定了要工作一輩子的細部領域。從這些選擇中，我們可以得知區分人氣科別和冷門科別的標準，它可是關聯到自己未來從事的工作，能否得到相對經濟上的補償。由於不包含在健保中，所以酬勞高、又與人命沒有直接關聯的皮膚科和整型外科人氣很旺；相對地，納入健保而因此收費不高、與人命直接關聯且具危險性的外傷外科和胸腔外科，就非常冷門。其實不僅是醫療領域，所有的領域都按照這邏輯運作。即使是外傷患者的轉院詢問，醫院也根據經濟原理決定是否接收患者。若是沒什麼特殊病史、單純關節骨折的七十歲病患，要轉院就會顯得容易許多，沒特殊病史、患有骨刺的病人，或是單純扭傷需要住院的患者也是如此。不過，一旦遇上嚴重外傷的重症患者，轉院的請求則通常會被拒絕。這是因為以目前韓國的報酬體制來說，醫院認為可以從只需單純手術、或住院穩定治療的患者身上獲得利益；但倘若遇上需要緊急手術、住進加護病房的複合型外傷患者，醫院則認定必有所損失，也因此重症外傷的患者在轉院系統的處置上並不完善。醫院在考量是否送走或接收重症患者的過程中，經濟因素比想像中要擁有更大的影響力。

經濟因素也關係到醫療人員的配置。在相同的條件下，如果沒有利益的話，醫生一般不太會捨棄城市、選擇去鄉下地方工作。不管是為了累積職場經歷或薪資，大都市的確比鄉下的條件要來得好多了。雖然地方上治療白內障的眼科醫生，或是診療老年人疾病的內科醫生、整型外科醫生不會不足，但外傷外科的醫生卻少得令人吃驚，這是因為外傷外科醫生在鄉下不可能自行開業，外傷患者的收入基本上也常是赤字的緣故。而在地方醫院裡，也不得不取消相關工作職位，減少這部分領域的預算。

所以，在社會普遍對重症外傷患者討論不足的二〇一二年以前，外傷外科醫生很少到地方常駐。當時發生李國鐘醫生成功救活石海均船長的事件[6]成為熱門話題，才使重症外傷患者體系成為國家討論的議題。根據中心選定標準，供給八十億韓幣（約兩億台幣）給各指定中心，每年再投入超過十億韓幣（約兩千四百萬台幣），全國共投資約兩千兩百億韓幣（約五十三億台幣）。雖然有些晚了，但也還算是不錯的進展。如果有外傷外科醫生的話，就能申請支援金，於是地方醫院也發布了公告，除了累積工作經驗，同時也因為地方需求，各市道的中心醫院多雇用了幾名外科醫生，設施也得以擴充。儘管如此，重症外傷患者對醫院的財政還是無法有所補貼，其中的責任歸屬問題尤其影響深遠，醫院很難連其他市、其他道的外傷患者都接受。於是，政府從二〇一二年開始疾呼的「不管在何處都要救活外傷患者」口號，成了沒有基本解決方案的空口白話。

二〇一六年八月，健保公團盈餘超過二十兆韓幣（約四千八百億台幣），這是調降了適用健保領域的給付金額才得到的結果。若是適用於醫療保險的「外傷」項目，在緊急情況下先施行醫療處置，之後費用也很容易回收。而健保公團給付的外傷項目金額本身較低，無可避免會造成醫院財政赤字，以院方立場來看，當然要盡量避免虧損。以先前提到的「兒童外傷」狀況來說，除了手術難度高，專科醫生的數量也不多，難以達到保險設下的嚴苛條件。經濟問題的影響，導致根本沒有人支援真正處理外傷的醫療領域，體制也不健全。即便政府建立了外傷中心並支援補助金，但報酬體制裡最初的問題根源依然存在。

韓國每年都會有三萬人因外傷而死亡，說得極端一點，如果治療外傷患者的醫院和醫生可以賺大錢的話，那麼不管在多偏僻的鄉下地方，也一定會有外傷外科的醫生常駐。一有人受傷立即就可以投入搶救，家屬就只要在一旁等待患者被救活就好了，不是嗎？雖然這一點也不實

6 二〇一一年一月二十一日，韓國政府展開「亞丁灣黎明作戰」，救助在索馬里海域被海盜劫持的韓國「三湖珠寶號」船員。當時船長石海均遭槍擊而身受重傷，李國鐘醫生將其救活而成為美談。

際，但我偶爾會這樣想像。

在兩歲孩童重傷事件之後，保健福祉部趕緊採取的緊急對策，竟然是取消全北大學醫院區域急救醫療中心的職責權限，以及未接受轉院的全南大學醫院區域外傷中心的指定資格，這實在令人吃驚。我認為這問題的根源在於立案者，我也認為只有從這裡開始改變觀點，才有可能朝著更好的方向提案。這些立案者建構了對整體醫療界進行強力管制的系統，在二〇一二年後急忙確立了外傷中心的標準，並且進行投資。在急救現場工作的人都處於這樣的體制之下，如果保健福祉部投資並制定這樣的體系已經超過五年，卻仍出現了問題的話，那麼系統裡存在著哪些待改善之處？應該要檢討、找出不讓相同問題再度發生的改善方案，應該追加哪些投資、應該以何種方式進行，這些才是政策立案者應該要有的態度才對，但他們卻以取消補助金的方式，對現場工作者進行施壓。

雖然這方法也許能帶來立竿見影的效果，但在強制性醫療統治下，沒有比取消財政支援更可怕的事情了。在現場工作的人將因此認為「這類事件只會造成不利」，應該要避而遠之，反應方式就會採取「不要惹出問題就好」的態度。對立案者來說，當下的方案不但可以迴避責任，也是平息問題的好方法，但問題的根源並沒有解決，仍然存在。一開始就沒有樹立區域醫療中心處置「兒童重症外傷」的明確標準，全北大學醫院只是按照這模糊不清的標準來做事而已。一旦取消指定區域急救中心，那麼全羅北道的區域急救中心就立即成為空缺，醫療現場將被破壞，變得更退步，後續必然需要費用來建立其他系統，難道這就是好的解決方法嗎？援助資金是以什麼方式使用？哪些部分有所改善？還有哪些不足的地方，才會讓孩子死亡的事件發生？綜合這些提問討論出相應的對策，才會逐步對全國的重症外傷患者有所幫助。沒辦法從根本上解決的臨時手段，只會讓「不管在何處都要救活外傷患者」的口號黯然失色，體制的不完善仍讓意外發生的可能性殘存。

重症外傷患者是必須面對這些可怕狀況的人。手術並不能減少患者的痛苦，他們臨死前仍在苦痛之中不斷掙扎，無非是相信外科醫生所說的「動了手術就會好起來」，而咬牙忍耐著痛楚。然而現在，就連任何措施、希望都被剝奪，在急診室裡痛苦等待的重症外傷患們，我光在一旁看著都感到相當惋惜，不管怎樣都想讓他們進到手術房裡，減輕他們的痛苦。但韓國的外傷患者系統依舊沒有改變，直至今日仍然如此，如果下一次又發生交通意外，仍舊有人會因同樣的體制問題而死亡。

제 22 장

寂寞日記

從上古時代開始，「消失」就存在了。人之所以會創造出藝術，全都是因為「消失」的關係。人在上古時代時，就曾陷入了愛，當發現那個人不可能永遠活著、深愛的人離開自己的那一瞬間，刻骨銘心的強大悲傷總是創造藝術。就這樣，死亡代表永遠的消失，如果沒有失去、沒有死亡的話，那麼任何藝術也都不會成立。而自上古時代開始，人就是獨自出生。我突然想起在哪裡曾讀過這樣的對話：

「我們不是太過相愛了嗎？如果真是深愛著彼此，我們就不要再尋找對方，等到哪一天再次相遇，就會緊緊相依合為一體，這樣不是很好嗎？」

「可是如果我們合為一體的話，就會再一次成為獨自一人而變得寂寞。」[7]

7 節錄自作家浩延的漫畫作品《陶瓷》。

我這輩子都很寂寞，但我不知道寂寞竟會這樣堵塞住人的呼吸，使人好幾個小時失魂落魄地呆坐著，起身時就像靈魂飛了出去那般暈頭轉向。我只在寂寞的邊緣漂泊著，無法靠近那核心。睡醒了，新的孤寂又會找上門，究竟我剩餘的人生還會感受到多麼龐大的寂寞呢？難道剩餘的人生就只是在那未知的核心印上足跡嗎？我見過許多那樣活著的人們，就連自己的呼吸都無法調適、喘不過氣來，哭喊著自己快死了，雙手緊抓著脖子及胸口。那些被抬進來的人們，病名是過度換氣或一時之間陷入不安狀態。這些人聲稱自己的肺正束縛、拴緊著自己，在多達數萬的這些病例上，我機械式地如此記載：「過度換氣狀態，但預計不久後就會冷靜。」但其實我應該要這樣記錄才對——「極度孤寂狀態，正走向死亡。」

某個國中生因狂灌了農藥而躺在加護病房中，這已經是第三次了。她要做的事只是躺在那裡，而我要做的事，則是一天忙著經過她面前好幾次。雖然各自身處在不同的情況，但從想死的心情來看，或許我們其實很相似。我跟她搭訕了幾句話之後，很快地就和她變熟了。

我們會聊一些她在血腸餐廳打工時的悲慘遭遇，還有她的前男友是隔壁學校的校草，或是我實習生活經歷的殘酷現場，又或是剛才有個脖子被砍一刀死掉的患者之類的事。當然因為各自的處境不一樣，關心或感興趣的事也不一樣，但沒有不能聊天的理由。我還不知道農藥的味道，而她很清楚；她不知道怎麼治療喝了農藥的人，而我很清楚。正因如此，我們有了共同興趣，雖然只不過是一些關於農藥的事罷了。

在她出院後沒多久，我在醫院的走廊上又遇見她了。脫下病人袍的她，染著一頭金黃色的頭髮，戴著一副輕輕垂擺的長墜式耳環，臉上有著與年紀不符的濃妝豔抹。那瞬間，她看起來多了好幾歲。我問她對醫院不厭煩嗎？她回答這次是來探訪住院的朋友。我們在醫院的便利商店買了速食辣炒年糕和飲料，她似乎忘了這一切，對任何話都哈哈大笑。她還拿起手機給我看她朋友的照片，照片裡滿滿都是我一生中，從未交談過的不良少女。給我看照片的那短暫片刻，那些奇怪的少女們不斷傳來充滿髒話的簡訊，接著手機響了。

「大叔，她的男朋友是這個社區的老大，搞不好會進少輔院喔。」

「嗯，一看就知道是這樣。」

見時機成熟了，辣炒年糕的湯也見底時，我才悄悄地問，為什麼喝農藥？雖然我也很好奇農藥到底是甜的還是酸的，但比起這種問題，我更想要了解她這個人。她態度果斷地回答：

「大叔，你曾說過你一個人也過得很好，對吧？但是我沒辦法，就只是這樣而已。不知怎麼的，只剩下我一個人的時候，就會變得很想死，而且那種欲望強烈到，為了死去，什麼都可以做的程度。所以如果手上有刀子，就會忍不住割腕，或在家找一些吃了會死的東西，一口氣灌下去。」

托著下巴說話的她，年幼純真的眼神是如此強烈，在她稍微捲起的袖子之間，手腕上一連串的疤痕清晰可見。

在無法入眠的昏暗房間裡，我想起了她，雖然很短暫，但最近每天總會想起她。現在的我已經知道農藥的味道，也很清楚要怎麼劃過脖子才能有效地死去，所以成了一個可以更具體想像死亡、或是徘徊在漆黑之中的人。長大了，就只有這樣的差異而已。

孤寂實在大巨大了，悲傷、憂鬱、痛苦等感受，全都乾涸了，所以我以一種不帶任何感情、無精打采的方式躺著。減輕孤獨感是人活在這世上不可或缺的條件，無法滿足那條件的我，不管是任何味道、任何香氣都感受不到，任何的欲望與需求都會從我身上溜走。我存在著，孤獨卻威脅著我身為人的存在，孤寂使人變成孤單的傻瓜。

無法得知現在的她究竟是否還活著，我對這件事抱持著懷疑，如果她還活著的話，究竟會成為什麼樣的大人呢……也許她仍堅持著拒絕長大成人的人生也說不定呢。但我知道她一直懷抱著的那尖銳無比的孤單，仍然存在於這世上，因為這孤單已經轉移到我的體內了。自從獨自一人被留下的瞬間，我開始枯竭殆盡，陷入空想的強迫折磨，體內有著成為偷窺他人感情的大人的罪惡。我每天都祈禱能在死前睡著，然後在睜開眼睛、陷入空想之前，從床上驚得跳了起來，就像被宣告死亡的景象，恐懼湧上心頭使我害怕地顫抖。經過這個冬天，沒辦法，最後我也成為那樣的大人了。

제 23 장

沒有如果

一位看起來很平凡的老奶奶走進了診療室。雖然氣色看起來並不是很健康，但也不會太差，來到急診室的老人家差不多都是這樣的。她說自己雖然罹患腎衰竭，但還不到需要洗腎的程度，就這樣度日。除此之外，也幾乎不太需要看醫生，來到急診室的理由也相當平凡，因為便祕有點嚴重。為便祕所苦的老人，出乎意料地比我們想像得還多，而且程度也很嚴重。但只要給他們一些簡單的醫療處置，大部分的老人家在表示感謝後就能出院。為了等待這醫療處置，老奶奶走到了一般輕症患者區的診療室。

「便祕的症狀持續多久了呢？」

「大概一、兩天沒有了。平常雖然也有輕微的便祕，但今晚肚子不太舒服，所以才來急診的。」

慈眉善目的老奶奶，對於晚上來到急診室而感到很抱歉的樣子。她看起來平時就不願意給人添麻煩，所以總是處處費神留意著旁人。

「沒關係的，不舒服的話，隨時都可以來啊。」

我按著微笑老奶奶稍微露出的肚子，雖然有點脹脹的，但肚皮按起來並不硬，也沒有特別感到哪裡疼，看來就和一般的便祕差不多。我想大概照一下腹部X光片，然後開灌腸的藥給她，應該就可以了。老奶奶拿著照X光片的單子走出診療室。

腹部X光片的結果顯示為典型的便祕，整個肚子充滿了糞便，也有氣體充斥其中。其實整體狀態看來沒有太糟，腹部X光片的結果就和大部分便祕的狀況差不多，並沒有提供太多的情報。我在治療室裡用手指再檢查了一下老奶奶的直腸，雖然有摸到一點糞便，但還不到用手指觸摸刺激、使糞便排出那樣靠近的程度。

「原則上，一開始我們不會立刻就幫你灌腸，先吃藥觀察看看好嗎？很不舒服嗎？」

「下腹部有些不舒服，沒有快點變好的方法嗎？幫我灌腸也沒關係的。」

實際上，如果只是開藥就讓她回去的話，似乎不太好，因為她看起來的確不太舒服。如果不是什麼特別的狀況，其實灌腸也不會有太大的問題。

「那麼，就幫這位奶奶灌腸，之後再觀察一下症狀好了。」

我這麼對護理師說完，就離開了治療室。拿著灌腸用具的護理師進到了治療室，不久後告訴我結果。

「沒有太多糞便排出，奶奶說症狀也和之前差不多。」

「我知道了，再看看之後有沒有排便、不舒服的症狀有沒有變好，幫她吊點滴、再觀察一下吧。」

在那段時間裡，我又繼續診療其他蜂擁而入的患者們。剛才一併進行的血液檢查報告顯示，就如同老奶奶所說的腎臟數值有些高，其他沒有任何特別異常的部分了。時間飛快流逝，很快地就過了午夜，我去確認了奶奶的狀況，但她的症狀看起來並沒有好轉。

「這邊，按下去的話，會不舒服嗎？」

「沒有特別不舒服，肚子痛的程度和剛剛差不多，但大便還是大不太出來。可是，醫生啊，能不能讓我出院呢？我這時間還不回家的話，我兒子會擔心的。而且我兒子早上還要上班，因為感到有些抱歉，所以沒跟他說我來醫院……而且我也感覺待在急診室裡不太自在。」

「可是原則上，還是要再觀察一下會比較保險。」

「不了不了，醫生，好像沒那麼不舒服了，拜託您了。」

實際上，便祕症狀大約百分之九十九會自己慢慢好轉。我一方面能體會老奶奶的心情，另一方面，我也想減少急診室裡擁擠的病患人潮，這是一天之中要做上好幾次的選擇之一。因此我跟她說我知道了，也另外告知老奶奶一些醫療上的說明。

「便祕雖然大部分都是單純的便祕，但偶爾也會因為其他因素而產生這樣的症狀，之後可能也會需要多做幾項追加的檢查。回家以後，請繼續觀察症狀，如果腹痛變得更加嚴重，或是一直都沒有好的話，請務必再來急診室，或一定要盡快到消化內科看診……」

「是的，醫生，謝謝您。」

老奶奶一拔掉點滴，拿了藥就出院了。她是那天出院的幾百名患者中的其中一名。

夜晚相當平靜，通常急診室的夜晚一點都不平靜，所以更顯得這是一個不平凡的夜晚。半夜時分，我一如往常地機械式背誦前一晚來院接受診治的患者名單。早上八點開始進行的例行簡報，我也順利地說明晚上來診的患者狀況，大家沒什麼疑問地聽完了。簡報一結束，大家就出去巡診，直接去確認一下目前還在急診室的患者們，現場並沒有特殊的患者。就在巡診結束、我的職責也即將結束的那時候，一台擔架推了進來。是昨晚出院回家的老奶奶。她的肚子現在嚴重地腫脹，昨天和我對話時的祥和表情已不復見，取而代之是一臉猙獰。我趕緊跑向擔架推床去確認她的狀態。

「奶奶，還好嗎？」

「呃，呃呃。」

身旁站了一位應該是老奶奶兒子的男子，一身衣著像是準備出發上班，結果卻來到急診室的模樣。雖然看起來很著急，但給人的感覺就像他的母親，行為舉止相當端正溫和的人。他看到我認得他的母親，立即就向我說明狀況。

「昨晚媽媽從急診室回來以後，就一直說她肚子痛，痛到好像就連呼吸都很困難的樣子。

半夜我睡了一下，起床看到媽媽的狀況，滿身都被冷汗浸濕了，就連回答都沒辦法，所以趕緊將她送來。」

老奶奶的腹部現在異常地膨脹，我拿聽診器貼著肚子一聽，腸子的聲音聽起來相當微弱。一按壓肚子，也可以立刻看到老奶奶對痛症的反應，痛得忍不住掙扎。

「奶奶，您還醒著嗎？」

這次沒有回答，現在意識模糊不清，是相當嚴重的徵兆。

「快，趕快照X光，還有做血液檢查。」

老奶奶的手腳異常地抖動，立刻被火速地推入重症患者區。

我思考著到底發生了什麼事，症狀是便祕與稍微的腹痛，個人病史是便祕及輕微腎衰竭，相當清楚的症狀。在這之前的許多便祕患者，全部得到了治療，毫無問題就出院了。雖然理論上，專業書籍記載著各種因便祕而來看診的患者必須要鑑定的疾病，但實際上卻是相當溫和的症狀。不過老奶奶卻在短短的一天之內，腹部嚴重腫脹，而且意識變得模糊不輕，即使哪裡出問題了，肯定也是存在許久的問題。我的腦子不斷翻閱大學教材裡的鑑別診斷項目，因為癌症而導致腸阻塞？還是因為血液供給不足所發生的缺血性腸炎？腸套疊（腸子的一部分套入腸子內部）？嚴重麻痺？為什麼突然現在……霎時間，腦海中閃過教授曾說過的話……

「你們認為書裡的罕見案例好像一輩子都不會出現在眼前，對吧？但這些畢竟都是至少發生過一次的事件，才會被寫下來啊。」

我跟著走進重症患者區域，開始更仔細地檢視病患症狀。當一鬆開異常撐得鼓鼓的上衣，彷彿立即就要爆炸的腹部赤裸地展露出來，比剛才從外在看來還要更加嚴重許多，根本難以想像這就是昨晚我曾看過的肚子。雖然整體來說身體相當纖瘦，但因腹部腫脹的關係，骨盆與肋骨部分的肌肉與皮膚都被用力地撐開，透明而帶著青綠色的靜脈，從中間以危險的寬度被撐得寬廣。腹部和整體身材實在太不協調了，彷彿就像把無法承擔的擔子全都扛在肚子裡的人一樣。

我開始掌握她的數據，血壓太低了，脈搏也有些慢，血含氧量也很低。從這些來判斷，可以說明與神經無關的腹部問題，造成患者意識不清，由於循環衰竭，導致血液無法流進腦部的嚴重症狀。

「必須先送去照CT才行，我們要知道原因才有辦法救活她。啊，對了，由於腎衰竭的關係，不能使用造影劑（照CT時，為了清楚看到血管模樣而使用的注射劑）。那麼既然不用確認腎臟指數，那就趕快照吧。昨晚我才說，之後可能會需要多做幾項追加的檢查，果然真的需要呢，他媽的。」

「請立刻準備不使用造影劑的CT攝影，先確認氣管暢通，插完靜脈管以後再去。」

那是醫護人員多、患者少的冷清早晨。我把每項指示一人一項地分配下去，解決之後，所有的準備很快就緒。昨天晚上還和我平靜談話的老奶奶，轉眼間成了重症患者。在準備的期間，我併攏了右手的食指與中指，在患者腫脹得鼓鼓的肚子上輕輕敲打了一下，肚子發出像空心球般「砰砰」的聲音。雖然不知道原因，但裡面充滿氣體，感覺就快要撐爆肚子似的信號。

一臉重症患者模樣的老奶奶立刻被送往CT室，CT檢查應該不會花很多時間才對，我一心急著能夠趕快確認檢查結果，好確立治療方向。老奶奶現在被抬到充斥著機器運轉聲的急診CT室檢驗台上，我坐在整面厚玻璃外的檢查室裡，躺著老奶奶的檢驗台緩緩地往上方移動，靜靜地穿過中間那大大的圓洞。黑白畫面裡，放射師正在為患者調整位置。我呆呆地盯著螢幕，又轉頭看向患者，患者靠著嘴裡插著的管子勉強呼吸著，胸口異常地凹陷進去，心跳脈搏無法解釋地跳動。很快地，胸部變得異常安靜，心跳脈搏的震動在眼前晃動。我突然對著放射師放聲大叫：

「停下來，心臟停止跳動，心跳停了，停下來。」

我打開門衝向患者，一把抓住躺在圓洞中央的患者衣領，急忙將患者移到她原本躺的床上，跟過來的放射師也一起幫忙。患者的肚子在這短短的時間內，又變得更加腫脹了。我跳上床，開始用力地按壓老奶奶的胸口，老奶奶的四肢全然沒有任何動靜，只有在我用力按壓胸口時，跟著稍微有些晃動。

「請趕快叫人過來幫忙擠Ambu和推推床，直接這樣送回急診室。」

醫護人員很快飛奔而至，我就這樣一個人跪坐在老奶奶身上，像要壓碎似的用力按壓著她的胸口，直接連人帶床被推了過去。

如果對心跳停止的人什麼處置都不做的話，那個人必死無疑。在這裡沒有任何的偶然，如果沒有現代醫學和心肺復甦術，心跳停止就等於死亡。但事件發生當下，如果醫生就在眼前目睹這一切的話，是有可能讓心跳重新跳動的。除非患者本身罹患極其嚴重的疾病，或真的有無法挽救的理由，否則患者不會隨即丟失性命。一旦緊抓住這生命的盡頭，對一名醫生來說，他便別無選擇，急救必然得接續下去，就算這將不可避免地造成病人的餘生痛苦。

我曾目睹過無數次的心跳停止，而我現在既然已經目睹了這無數次中的其中一次，身為醫生，我必須將她從死亡之中帶回人世。回到重症患者區域的老奶奶，再度艱困地大口喘著氣，可是現在仍不知道到底是什麼原因造成的。從已經經歷過一次心臟停止跳動的情況來看，這對大腦、心臟，還有其他對低氧環境敏感的內臟會有所損傷。同時，隆起的腹部也會繼續加重缺血性的損傷。雖然不知道這些狀況和死亡具體上有什麼不同，但可以肯定的是，患者正一步步走向真正的死亡。

瞬間情況惡化許多，我突然感覺昨晚的疲勞一下子全都煙消雲散。現在必須要冷靜沉著地將狀況整理一下，按照順序一個一個來，嗯，就這樣辦吧，先來試試看減壓吧。為了要幫腸子減壓，我幫病人插了鼻胃管和肛管，拿來醫院裡最粗的鼻胃管管子，從患者的鼻孔裡插了進去，直腸也拿了最粗的管子放置進去。為避免空氣倒灌，我把肛管的另一端放在水桶裡。但即使試了這樣的方法，腹部卻腫脹得更加嚴重了。大腸和小腸的皺摺竟然可以被完全撐開到這種程度，這代表人體失去了相當大量的水分，由於平滑的腸子之間、大量水分都被蒸發掉的關係。當人體脫水狀況如此嚴重時，反應最敏感的內臟就是腎臟了。只要確認每小時的小便量，就可以知道腎臟機能是否正常運作，所以我確認了患者的尿袋，結果發現竟然連一滴尿液都沒有，就好像把全新的尿袋拆開來繫在上面一樣。我又再次想起患者曾提及自己有腎衰竭的狀況，既不是肝衰竭，也不是心臟衰竭，偏偏是腎衰竭啊。我不禁對這樣看似偶然的事實，產生一種命運將患者更用力地往生命邊緣推去的感覺。

患者心跳停止的原因是單純的循環衰竭，雖然心臟壓迫也可能成為原因之一，但最主要的原因是腸內水分大量流失的關係。如果現在隨便亂給患者輸液的話，短期內會看似好轉、變得沒問題的樣子，但腎臟壞了、小便繼續無法排出的話，患者最終會像掉入水裡一樣腫脹起來，這麼一來就必須洗腎才行了。「必須考慮到要洗腎的程度了嗎？腸子腫脹，如果需要洗腎的話，還是必須得做才行。」我倒了輸液和升壓劑（血管收縮劑），好不容易保住了血壓，再次打電話給ＣＴ室。但我這次不進檢查室，而是站在機器旁拿著Ambu，焦急著在心電圖和患者之間輪流觀察著。提心吊膽的時間過去，幸好患者還能躺在床上被送回急診室。

我看著那張賭上性命的ＣＴ照片，想著要進行透析，甚至使用了造影劑照出的ＣＴ照片，就算只有一絲絲希望我也想要抓住。畫面裡，腫得像成人男子手腕粗細的腸子，在有限空間的肚子裡糾纏、塞得滿滿的。雖然施加了巨大的壓力，但像個絕對不會爆炸的氣球，在肚子裡任意地擠壓著附近的內臟們，並往下用力地擠壓子宮和膀胱，往上壓迫橫隔膜和肺，把肺都擠得凹陷進去了。光看照片就感覺呼吸困難、喘不過氣，這就是逐漸走向死亡的感覺吧。心臟也因為下方嚴重往上擠壓而受到壓迫，就連食道也被壓扁，整個胸腔的空間被壓縮得凹陷。

我把乍看之下幾乎難以區分、被腸子塞得滿滿的黑白照片，前後連接著看了好幾次。看起來不像是癌症，也不知道是缺血性，還是麻痺性，又或是腸套疊，都沒辦法區分了。這張照片只顯示出損壞狀況已到無法判斷原因的狀況而已，看來最初的原因已經幾乎被排除了，這是不管誰來看都無法判讀的影像。但現在有ＣＴ照片，至少可以和誰商量看看，只是不知道這是不是冒著患者生命危險而照的ＣＴ，我的心情因此感到很混亂。

我決定再次整理情況。首先必須要減壓，由於並未見到完全閉塞的情況，只要奇蹟式減壓成功的話，那麼患者就可以活下去了。這腸子內漆黑的空氣，如果可以像奇蹟般飛散到寬闊宇宙的某處，所有一切就會回歸正常，患者也會逐漸好轉的。而且由於她一直沒有排尿，一定要洗腎才行，但我可以用外科手術將這樣的腹部切開來減壓嗎？或許在手術房裡切開肚子的那一瞬間，腸子就往四方濺出，就連想要把肚皮合起來都沒辦法，這樣真的可以排解掉壓力嗎？這樣真的比死了還好嗎？我得打聽一下，請人幫忙看一下才行。不管再怎麼粗暴，我一定要把這漆黑的空氣從那狹窄的空間裡排出，或者讓它消失在這地球之上。

我整理了自己紊亂的思緒，視線重新回到患者身上。現在患者肚子腫脹得實在太大，幾乎呈現一顆球的形狀了。由於腹部的上下壓力都過於嚴重，所以導致直腸往外翻，插在直腸裡的管子幾乎要就要掉出來了。我觀察患者的胸部以確認呼吸，肺部受到擠壓，肺活量似乎也少了一半，呼吸機勉強撐住了那壓力。壓力，真是讓人抓狂的壓力。

我立刻打電話給腎臟內科，但腎臟內科此時正在巡診，說之後再通電話。我無精打采地掛掉電話，又撥了另一通電話到一般外科，外科此時則正在進行緊急手術，也說之後再聯繫。沒辦法了，只好先準備緊急的透析管。我把手放在患者的大腿上，在腦海中勾勒出動脈行經的路線，跟著那路徑毫不猶豫地插入粗大的透析專用導管。鮮紅的血立刻噴了出來，戳了三次將入口處拓寬，插入透析管，血流如注而濺到了手術服上。雖然已經確認透析管插入，但也要機器來了才能開始洗腎。濺得全身是血的我站在患者旁邊觀察，已經過了好一段時間，但尿液還是一滴都沒有出來。腎臟內科巡診通常都會超過一個小時，現在血液檢查的數值整體看來嚴重惡化。腎臟內科的人很晚才過來，確認過患者狀況之後，立刻就去準備急救透析器。可是此刻剛好沒有立即能使用的機器，準備的過程又花了三十分鐘，經過兩個小時後，機器才開始運轉起來。

現在只剩下外科的決定了。內科主治醫生和我一致認為外科的選擇，應該會是具決定性的意見。但如果在這之前，能把這壓力排除的話，不管要不要動手術，都能期待患者好轉的可能性。結束緊急手術下來的一般外科醫生，拍了拍那已經腫脹到相當可怕的患者肚子，就像我曾經做過的那樣，看了好幾次CT照片，陷入苦思。接著他跟我說：

「雖然不太清楚原因，但我們還是把肚子切開來看看。」

「可是如果切開肚子的話，可能沒辦法重新闔起來，這樣沒關係嗎？」

「如果不切開的話可能會死，就來試試看吧。」

為了準備動手術，外科醫生上樓去了。但外科才剛結束一場手術，其他科隨即接著進行緊急手術，只有等到那場手術動完，才能輪到我的患者開刀。我整個腦子被緊張的感覺籠罩著，由於我值班的時間已經結束了，所以乾脆坐在老奶奶旁邊，心想至少要等到患者被送往手術房，我才能下班。但時間不斷拖延，等待的每分每秒都像正對患者造成危害。

雖然肚子不再繼續腫脹了，但缺血性損傷持續累積著，現在正逐漸轉變成末梢循環衰竭。患者的手腳明顯地變黑，也許再過一、兩個小時，手腳就會完全變黑壞死。如此一來，患者即使活下來了，也可能得面臨必須截肢的情形。手、腳、腎臟、腦部、腸子，雖然必須保住的部位真的太多了，但我的緊張漸漸緩解，強迫般的疲憊一湧而上。我在腦海裡逼自己回想著輸液、減壓，還有那原因尚未釐清的腸子腫脹，努力與疲倦對抗著。雖然調整了升壓劑，換了不同的輸液，也試著按壓腹部，並同步更換了沒什麼太大差異的呼吸器系統，患者撐下來了，但狀態一點也沒有好轉。我就像是等待著奇蹟的人。就這樣苦撐了兩小時，手術房終於傳來了呼叫。

就連手腳也正走向腐敗的老奶奶，如果從胸口開始將她的肚子切開來的話，究竟是否能稱得上是想救活她的行為呢？我不禁感到混亂，這一切似乎只是讓痛苦加倍的行為，但肉體上的精疲力竭與長時間以來的苦惱糾結交纏，實在很難做出正確的判斷。我狠狠地敲了自己的腦袋，頓時腦子似乎稍微清醒了一些。我必須盯著那心電圖直到最後。我再次回想一切，試圖找出遺漏的細節。醫護人員緊貼在患者身邊，為送往手術房前做最後的準備。又一次，我那快要撐不開的眼睛看到了心電圖在晃動著，晃啊晃的，沒過多久，我用我那極度疲憊不堪的聲音，低聲地說：

「心臟停止跳動……心跳停了。」

這次也是由醫生目睹的心跳停止，而且這次的醫生也還是我，但這次的心跳停止卻是因為患者本身的疾病累積，已經屬於無法挽救的狀態。而且如果無法恢復，醫生也無法替她動手術。老奶奶已經走到那座橋了吧，現在也只有奇蹟才能將老奶奶重新帶回到這一端了。老奶奶身上插著供給氧氣的管子、鼻胃管、中央靜脈管、透析管、尿管、肛管、末梢靜脈導管、動脈導管，當老奶奶的胸口再次被按壓，所有的一切都隨之晃動。這一切的努力到底有什麼意義呢？我的腦袋就像一團漿糊，再也無法判斷了。現在唯一能知道的是，老奶奶再也回不來了。她的四肢與身上連接的許許多多管線，由於劇烈按壓而晃動了一陣子。最後，我將再也聽不到回應的最後一句話，留給了老奶奶。

「死亡時間，兩點二十三分。」

這是與她再度相遇之後，約莫過了六個小時後的事。

我告訴老奶奶的兒子她過世的消息，當他看到我渾身是血、極度疲倦的模樣，立刻真實地感知到這個事實。在我的話語落下沉重的最後一個字時，他開始哽咽哭泣。

我們在電視劇裡常常可以見到，無法接受自己父母親死亡事實的場面。他們會吐出類似「為什麼好好的人會死掉呢？」、「是不是有醫療過失？」這類的話，就像無法接受如同雷擊一般的事實，緊抓著醫生的衣領、瘋狂用力地怒吼著。但現實中，這樣的情況並不常見，大部分家屬在聽到死亡宣告時，總強忍著淚水，一臉絕望。與其說是對醫院或對醫生的信任，倒不如說因為不管是誰都能了解，人的生命隨時有可能會結束，以及生命終究有限的事實吧，這或許該說是對於死亡的信任。

雖然當外表看起來彬彬有禮的老奶奶兒子一聽到這個消息，就立刻哽咽哭泣，但似乎已經順其自然地接受這件事。而這件事的確也可能順其自然發生，老奶奶自己說要出院，由於她那善良的個性，無法盡情充分地表達自身的疼痛，即使在一位醫生的努力之下，她還是死了。人死了，怎麼可能會沒有任何波折呢？這句話也意味著，最終就連這些波折也仍被包含在既定的事情或是必然的命運之中。我聽著迴盪在空氣中、兒子悲悽的哭聲，一面呆呆地望向老奶奶的眼睛。

我努力將那糾結成一團的思緒解開，盡力讓自己腦袋清楚地回顧這一切。首先試著一一回想那無限多的情況：如果昨晚老奶奶沒有說要回家，積極地表現出她的腹痛；又或是如果在那樣的情況下，暫時先收起為兒子著想的心意；如果堅持挽留她到最後；如果當時不是夜晚，而是白天，沒什麼特別的事必須回家處理；如果狀況一惡化立即就送回醫院；如果那時腎臟內科沒有在巡診，而且也正好有空的手術房，一般外科可以立刻做出決定，立刻就趕到手術房的話；如果奇蹟式地減壓成功的話，不，如果患者沒有腎臟病的話；就算有腎臟病，也晚點發作的話；如果看到在一旁艱辛苦撐的我，老奶奶能夠再堅持一下的話……

腦海中無數的「如果」與選擇的分岔道路交纏糾結著，這些狠毒至極的「如果」們。就算那時這些相反的最佳情況發生了，老奶奶死亡的機率還是很高，但不管用什麼方式來解釋，死亡永遠都是最糟的，而且沒有比這樣的死亡更加糟糕的情況存在了。

在無數次發生的緊急情況中，沒有一模一樣的情況，我總是要在瞬息萬變的境況下，採取近乎無限多的不同應對方法。這微妙的組合在醫學上，可能是最好的選擇了。有時候患者仍然會死，但有時候卻又能救活，這在理論尚無法獲得證明的領域裡，顯露出的選擇差異並不屬於人類的領域。在一般狀況下，你不會要一個竭盡全力處理問題的人來承擔責任。

但盡力並不是正確解答，所以就算不用負法律上的責任，也會發生是否能擺脫良心上的責任這樣的疑問。醫院的環境、累積下來的醫學知識程度、隨時都在變化的患者狀態，以及許許多多的生命徵象，還有那些伴隨著細微渺小的巧合，在這之中，我所緊抓著的信念在腦海中展開生死搏鬥。就算試著回顧所有一切，一個人要為另一個人的生命負責的事，還有直接宣告死亡的事，就像無限糾纏、亂七八糟的線團，紊亂的思緒怎樣也無法解開。我固執地想了又想，當自己張開嘴巴的那一瞬間，對把患者送走離開這世界的人來說，怎麼樣理直氣壯的情況都不會發生，這不過是愈反覆就會變得愈不幸的事。我思考著，沒有「如果」，盡可能不要讓「如果」發生，就連想都不會想起。我對從我嘴裡吐出的所有話語，都不會感到內疚，我盡了全力，這就是我的工作。

思考的時候，我一直望向老奶奶那雙毫無生氣的眼睛，腦海中再度浮現了無比善良的老奶奶說話時的表情和語氣。「抱歉了，請您務必一定要安息。」我終於起身，打算一打開家門，立刻驅使我的身體走向黑暗的房間，就這樣陷入無止盡的夢鄉吧。

제 24 장

最後的聖誕節

這是年紀二字頭的最後一個冬天了，過了年末，我就要迎接嶄新的三十歲。一生只有一次的二十九歲聖誕節、三十歲的新年，以及年紀在數字上的改變，總帶給人們新的希望或是覺悟。但我在那看不到盡頭、又艱辛費力的工作裡，每天身處人們想像不到的嚴重痛苦之中，我已經枯萎凋零了。存在的危機感總在反覆不斷的痛苦中，突然向我襲湧而來，原本必須將一切記載下來的渴望變得猶豫不決，最後連一行文字都寫不出來的日子持續增加。每遇到這樣的日子時，天空總下著大雪，又或者等不到來自深愛人們的任何一點聯繫。

在我年紀二字頭的最後一個聖誕節的前一天早晨，我懷抱著滿滿的冷清孤寂，走向急診室。大雪紛飛，看起來就像棉花一般溫暖，人們口中吐出的熱氣也如此暖和；而我卻獨自一人四肢僵硬，孤單地全身冷得都凍僵了。我隱藏起自己的情緒，用圍巾密密實實地將自己的臉包起來並走進急診室，一如往常地展開我忙碌的工作。

有一種人在特殊節日時，會對自我價值感到特別悲觀。愈接近所有人都感受到幸福洋溢的聖誕節時，這樣的人就愈會認為這世上只有自己一點也不幸福。而且在這種即將受詛咒的情緒之間，他將再也無法承擔自己猛然噴湧而出的憂鬱重量。不過，就算猜測揣摩他的心情，要拿來說明那件事，還是令人感到意想不到且荒謬至極。

聖誕節前夕，他就像往常一樣待在家裡，父母都出門了，只有他一個人在家。對他來說，沒有深愛的人、也沒有可以碰面的人、更沒有希望可言，每天他就被留在空蕩蕩的家，一心一意地摸索著可以消失在宇宙之中的方法。就在狹窄的房子裡，他的目光總是停留在那個可以將自己變成塵埃、閃著橘黃色光芒的東西。所有人內心都洋溢著幸福快樂的那一天，那東西顯得特別地顯眼。

他整夜沒睡，下定決心寫下了遺書。留下了文字之後，他的心意變得更加堅決，怎樣也無法進入夢鄉。就像往常一樣，當父母出門上班後，他就決定要開始付諸行動。他走到了什麼都沒有的廚房，拿起一把銳利的菜刀，接著就毫不留情地把自己總注視著的那橘黃色瓦斯軟管砍了下去。被切得歪斜的瓦斯軟管晃動著，就像有雙看得見的眼睛，猛烈地到處噴發瓦斯，嗆辣的味道溢出了那狹窄的房子。他聞著那味道，一面重新讀了一次自己留在餐桌上的遺書，嗯，不錯。

由於正值寒冬，窗戶全都關著，重量比空氣還輕的瓦斯很快就從天花板一點一滴慢慢往下蔓延開來。他聞著刺鼻的味道，心想：自己的身體今天終於要飛向宇宙了啊。等待時間慢慢流逝，現在比空氣還輕、彷彿宇宙般的大氣充斥了整間屋子，他將遺書放在自己的眼前，拇指刷動那早已準備好的打火機，那微弱的「喀擦」聲一響，接著震耳欲聾、向四面八方炸裂的巨響立刻爆裂開來。

火焰自他的手中蔓延開來，那一瞬間他感覺自己彷彿成了造物主。在那空間的大氣隨著那轟隆巨響一併燃燒，包覆了他全身皮膚，還有那空間裡所有東西的表面，同時燃起了熊熊火焰。伴隨那震耳欲聾的巨響，房子爆炸了，驚魂未定的人們從四面八方循著巨響奔湧過來，人群中也包含聽到噩耗而趕過來的他的父母。那間房子很快就被消防車圍繞，水柱從四面八方噴灑。過了一會兒，人們砸碎了深鎖的大門進到屋內，一切都燒得不成樣地一片狼藉，所有的牆、杯盤、家具、物品、遺書，都燃燒殆盡了。人們在那變得像宇宙般漆黑的空間中，發現了一具燒得焦黑的屍體。

◆

平安夜的白天，急診室有些冷清。不過明天可是特別的假日，只要到了晚上，肯定會比平時還要來得更加人聲鼎沸，這彷彿是急診室的固定公式。

因此，現在的寧靜彷彿就像是暴風雨來臨的前一夜，正當我這樣想的時候，一個形體彷彿暴風一樣衝進了急診室。急救隊員們正對著燒得焦黑、像木炭般的形體做心肺復甦術，推測應為男性的黑色形體，四肢伸直地躺著，穿著橘黃色制服的急救隊員用力地按壓著他的胸口。他的身體看起來被燒得很嚴重，甚至似乎令人感覺還在燃燒，全身冒著嗆鼻的煙霧，身上衣物早已不見蹤跡。光禿禿的皮膚被燒得又黑又焦脆，急救隊員的衣角和雙手全都沾滿了黑炭，彷彿將整個火災現場直接搬了過來。

擔架推床上飄著縷縷煙霧，一進來馬上就被推到集中治療室的中央，隊員將事情經過濃縮成一句話，說給我聽。

「在家引爆瓦斯。」

「竟然有這種瘋子……」

內心話反射性地脫口而出，但不管理由為何，都必須得救才行。心臟確定停止跳動，那麼首先必須要確保氣管暢通。我從一名急救隊員手中接過了貼在他嘴角、不停擠壓的Ambu。為了準備插管，我看了他被燒得焦黑的臉，沒有一點表情、形體，甚至就連一根頭髮都沒有留下。沒有時間苦惱了，當我把Ambu一拔下來，就立刻用戴著手套的手伸往那人體的脖子，用力地往後仰，關節就像是放很久的肉一樣老、抵抗力相當頑強。特殊的刺鼻味道往四處溢散，我用拇指與食指塞入已經乾涸的嘴唇之間，強行撐開嘴巴後，將壓舌板推了進去，靠著張開口的微弱光線，屏住呼吸往嘴裡一看，已經全都融化了。我急忙地拿起了管子，毫不猶豫地往應該是氣管的地方插了進去。由於氣管入口處的肌肉全都碎了，管子根本插不進去，結果發現肌肉到處沾黏在管子上。在我撥開那一團爛肉的瞬間，我明白了：「這裡面，已經不是我想的那有秩序的宇宙，這個人也一樣，他已經死了。」

我扔掉了手中的東西，仔細看了看這男人，全身已像木乃伊一樣漆黑又乾癟。第一次看到被燒得這麼嚴重的人，不，活著的生物被燒成這樣，這還是生平第一次看到，不禁讓我想起以前橫渡戈壁沙漠時，看到的燒烤羊頭。維吾爾族為了撐過沙漠的嚴寒，會烤羊的頭來吃，但由於羊大腦中有許多寄生蟲，他們會將羊的頭骨放進熊熊烈火之中，直到裡面的大腦及腦髓被充分烤熟為止。烤好之後被端上桌的羊頭，不管由誰來看，都像是帶著惡意地將它烤到如此焦黑的狀態。被烤好的羊頭骨只要用錘子稍微敲一敲，就能輕易地擊碎，再用湯匙舀出已經煮熟的大腦來吃。那男子的頭讓我想起當時看過的烤羊頭，兩者實在太相似了，反正擁有這樣頭骨的人，已經失去參加聖誕節的資格了。

「中止心肺復甦術，患者已經當場死亡了。」

護理師拿出一塊白色的亞麻布，蓋住他的屍體，焦黑的塵碳沾染到白布上，他的臉和四肢全都伸在白布之外。他穿著簡樸的父母一聽到死亡的消息，邁著蹣跚的步伐向他奔了過來，由於情緒太過激動，一下子還沒辦法控制情緒表現。他的父親毫不猶豫地捶打著他那張像從中國來的烤焦羊頭一樣的臉，放聲大喊：

「你這卑鄙的傢伙，愚蠢的孩子，王八蛋，你沒資格活著。」

他的拳頭也沾染上焦黑的塵碳。

相反地，他的母親則在一邊緊抓著他那燒得焦黑的手，往自己的臉貼了上去，全身僵硬而開始放聲悲悽地痛哭起來。就像手藝差勁的廚師煮壞料理所散發的燒焦味，雖然仍充斥著整間復甦室，但他的父母對那可怕的氣味卻一點也不介意。一瞬間，他們的兒子當場死亡，而他們那狹窄的窩也一下子全沒了。他們現在不只失去聖誕節能夠回去的唯一地方，就連唯一的兒子也已不在這世上。父親捶打他兒子那已經不成人形的身體，不停口吐穢言地咒罵著：

「王八蛋、王八蛋，你這卑鄙的王八蛋。」

手腳不停顫抖的母親，已經哭到全臉的肌肉都跟著拉扯，反而看來就像過度大笑的表情。到達極限的情感就連表達都如此困難，最後悲與喜竟變得如此相似。她的手臂沾滿了焦黑塵碳，就像已經燒焦的兒子手臂那樣僵硬。

我做完了該做的事，就從復甦室裡走了出來，背後傳來那已轉變成詭異喊叫的哭聲。我猛然回頭一看，只見他的雙腳從酷似草蓆的亞麻布下方露出來。不曉得是否因為他被火吞噬時站立在地面上，只有腳底特別蒼白，一點都沒有燒焦，也因此他的腳底和腳背形成了鮮明的對比，那是我見過最奇特的雙腳了。我無法區別那是生者和剩餘者的界線，還是幸福之人和不幸之人的界線？又或者是那還沒被燃燒殆盡，對他人生的一小塊迷戀？

這名男子已飛往宇宙之中，但都怪他將周圍也太過完美地變成宇宙，葬禮結束後，他的父母就連棲身之處都沒有，只能坐在街道上。無論如何，他們都必須得離開急診室。急診室裡只留下燒焦的味道，所有人都不知道去哪了。我在死亡診斷書寫下了非自然死亡，印了十張之後，想著那燒焦的頭髮而度過了白天的時光。此時窗外仍下著雪，地面上積著靄靄白雪。

一到晚上，如同我所預想的那樣，過聖誕節的人們蜂擁而至，比平常還要多上太多，已經沒有任何時間可以往窗外看，或想著那燒焦的黑髮。有些人看起來和聖誕節毫無相關，有些人則對自己偏偏得在急診室裡度過聖誕節而感到遺憾。我帶著和平常差不多的情緒為這些人診療，忍不住心想，也許和這聖誕節最沒關係的人，其實是我也說不定。

午夜之前，急診室來了位老人家，看起來已經臥病在床好一段時間，只剩下全身皮包骨。家屬向我解釋：「平常躺著都還能勉強呼吸，今天就連呼吸都沒辦法了。」老人張著乾涸的嘴，眼睛睜大地望著虛空，一種生命已經走到盡頭、就快要乾枯而死的感覺。「是的，該準備喪禮了。」老人家好不容易活到了主的生日，卻再也撐不過去了。但即使如此，亡者很難做出受到祝福的表情。除了他以外，聖誕節這天沒有其他人離世了。

就像紛飛的雪花，許多人紛紛在半夜時刻到來。情緒激動的人們互相碰撞、割傷、倒下，因為各自的理由而出現在我面前。傷勢不嚴重的人，他們的診斷名稱大多都是骨折、扭傷、挫傷、燙傷之類的。只是當人們聽到骨折的時候，會感覺比較不幸；聽到扭傷或挫傷的人，會感覺比較沒那麼不幸。但對我來說，某種意義上這都只是暫時的不幸，這些人大多的時候都是幸福的。

到了深夜，骨折、扭傷、挫傷、燙傷的患者稍微增加。我在可以望見冬天夜景的值班室，讓身體稍微躺下來休息一下子，但由於體力實在消耗得太嚴重，閉上眼睛就會聽到心跳聲噗通噗通地在耳邊響起。往頭部流去的血液過多，就像一股腦全往大腦傾瀉而去似的，脫韁野馬一般的心跳，骨折、扭傷、挫傷、燙傷等不幸向我襲湧而來。腦海中短暫浮現出那燒得焦黑的頭，正值精神恍惚之際，打破寂靜的電話聲此時響起，又有不幸的人帶著骨折、扭傷、挫傷、燙傷找上門來。於是，我硬撐起那動彈不得的身體，迎合著那不幸的隊伍，手臂跟著步伐大幅度擺動，走向急診室的走廊。

就這樣，我度過了年紀二字頭的最後一個平安夜。

結束了超過二十六小時的工作，天剛破曉，大雪現在已經停了。靠著呼吸，我撐到了現在，但此刻好像就連這簡單的呼吸也辦不到的感覺。結束了工作交接，我搭上了那由於下了一整夜的雪，而變得髒亂不堪的車子。前一天人們迎著雪、四處盡情散播的幸福殘骸全都被清得乾乾淨淨，街道上顯得相當冷清寒酸。由於是假日早上，街道上的人比平常少上許多，當然路上也看不到那些骨折、扭傷、挫傷、燙傷的殘骸。此時，恰好一首落寞孤寂的歌來到了這世上，以又白又寒冷的天空為背景，大聲地播放著。回家路上，強烈的睡意不斷襲湧而來，我不得不在路邊停下了幾次。

家人們正忘我地享受快樂，我喚醒家人，拿著那辛苦賺來的錢提議去吃飯。

「因為聖誕節嘛。」

外面的雪花再次稀疏地落下。烤盤上的肉沒有被烤焦，而是閃耀著烤得剛剛好的光澤。

「昨天有個男人引爆了瓦斯，自殺死了。」

家人們一邊漠不關心地聽著前一天發生的悲劇，一邊吃著肉。是啊，如果每天反覆聽著悲劇也是會厭煩的，就連親身經歷的悲劇也是如此。我僵硬又遲鈍的腦袋運轉著，盡量不讓烤盤上的肉烤焦，偶爾也因為疲憊而感到昏昏欲睡。

回去的路上，陽光灑落下來，瞬間帶來的一絲絲幸福感令我感到驚訝。但果然沒有收到任何來自我愛的人傳來的訊息。我一回到家，撐著快要垮下的身體立刻躺到床上。因為疲倦，手腳全都僵硬了，一時之間想到了昨夜的骨折、扭傷、挫傷、燙傷，死亡一般的睡意在不知不覺中襲來，我進入了夢鄉。

睜開雙眼已是晚上了，人們互相敬酒、喝酒，或牽著愛人的手，徘徊在旅館附近的時間。我的身體失去靈活而顯得遲鈍，樣子也糟透了，肚子就像在抗議似的餓得不得了。我走向餐桌，隨意地挖起飯往嘴裡塞，精神遲鈍，拿著筷子但腦子放空地呆坐著，等飯加熱好之後，又再塞進嘴裡。

父親在客廳裡看電視。電視裡有一群專門以使人發笑為職業的人，正詼諧搞笑為人們帶來歡樂。他們說出來的話與做出的行動，總不脫離令人幸福快樂的範圍，或許這是最迫切的工作也說不定。就像我們絕對無法看見的月亮背面，他們隱藏的那一面，如果變成他們的全部，最終會不會變得永遠不幸呢？我也曾經想像過，如果我選擇那種職業的話，孤獨就會像是毒蟲所帶來的毒素，擴散我的全身，我想像自己突然死去的場面。

他們的詼諧幽默讓我一點也笑不出來，所以我又回到剛才的那間房間，再度躺了回去。我拿起了一本書，開始讀了起來。這本書的主旨在談由於相愛而變得不幸，愛情的本質不是理解，而是誤會。然而矛盾的是，這個人是因為不幸才變得醜陋？還是因為醜陋才變得不幸呢？苦惱著一輩子被憎恨還是乾脆死掉，兩者之中哪一個比較好。我想起那些我曾愛過的人，但現在她們正在某個地方和別人度過這個夜晚。我也在想，是不是因為沒有真正深愛過，所以她們才會變成別人的女人？也想著那些我曾愛過，但彼此之間什麼關係都不是，所以現在連想都想不起來的那些人。我孤單地躺在宇宙中的一個點上，和那些人距離太遙遠了，我為了孕育孤獨而躺著，現在這些孤獨順著我的血管在身體中循環著，一下綳緊、一下放鬆我的神經，讓我發生骨折、扭傷、挫傷、燙傷，若它們再度茁壯，我將會釋放這世上所有的孤寂，就這樣不受任何的憎惡而死去吧。

然後在死之前，我會想起最後在戈壁沙漠上燒烤的羊頭，是如此地接近這輩子，彷彿被丟到尋常的大街上，被火焰吞噬、拳頭點點落在身上的那個王八蛋，這輩子……這樣的一輩子，如此想法不停迴盪在腦海，我的整個宇宙都在翻滾震動。為了忍受明天的苦難，我再度墜入死亡般的睡眠之中，失去了意識。

於是，我的二十代和聖誕節就這樣過去了。嶄新的三十歲，那淒慘又令人心痛的不幸，再度向我襲來。

後記——莫忘鄭宇哲

他是一名外科醫生。進入醫學院之後，總熬夜準備那大大小小數不清的考試，就這樣度過學生時期。他在圖書館裡度過那些辛苦的歲月，通過了國家考試，取得印著一串數字的醫生執照。他所感受到的喜悅，我懂。接著，他成了大學附屬醫院的實習醫生。

實習醫生的生活大略等同醫院裡的生活，一週只能離開醫院一次，剩下的時間就照著既定行程執行工作任務，等待著可能隨時來臨的呼叫。三餐在醫院解決，也睡在醫院，永遠睡眠不足，身體總是疲倦萬分。在四週內完成十三個科別的實習生活後，他在自己申請的科別裡，開始了住院醫生的生活。

他選擇了四年的外科實習。身為外科醫生的他，每天都活力充沛，但外科醫生的生活，每個月、每一年都相當單調，只不過是分成稍微累一點的日子、和非常累的日子不停重複。一旦結束了當天的手術，就要去病房探視病人，然後累得昏睡到不醒人事。如果有緊急手術，或病人的狀態不佳時，就連睡一覺的時間都沒有。每次手術都會花上相當漫長的時間，有時患者也可能死去。外科的行程從凌晨六點開始，所有的醫護人員都從那時候開始工作。他沒有一天可以安心睡覺，每天的工作時程又極為漫長，總習慣性忍住自己的倦意，只能偶爾喝點酒作為稍稍放鬆的娛樂，但就連這樣的消遣都只能在極少數不用值班的日子，在深夜裡短暫地出現。

一天雖然漫長，但一個月、一年卻如同飛箭般快速流逝。他之所以能一直堅持著這樣的生活，是希望自己能成為一名更優秀的外科醫生。幾年後，他就能成為外科的專科醫生，為病人主刀做手術，算是那些辛苦日子的些微補償。就這樣，所有的外科醫生將自己的人生全都貢獻給了醫院。帶著前一天的疲勞，硬是撐起滿是倦意的身體，當所有人還在酣睡時，喚醒自己那昏昏沉沉的大腦，外科醫生沒辦法回家過平凡的日常生活，而他也是這樣撐了下來。但他卻比任何人都還爽朗，只要接到急診室的呼叫，即使疲憊，也不忘給予微笑。

「患者在哪裡？是不是哪裡不舒服啊？」

「這個必須要外科醫生來解決才行，這位患者由我們來負責。」

他一直都是一位值得信賴的醫生，擁有他特有的溫和敦厚與善良，總親切對待所有患者和醫護人員。

然而，就在艱苦的實習快要接近尾聲時，一股無法置信的疲憊襲湧而來。他很難區分這到底是身為外科醫生所經歷的疲倦，還是自己的身體出了問題。整天都感到噁心反胃，就算一天只能吃進一餐，他也只認為大概是昨天那場過分漫長的手術，或者慢性疲勞所致的吧。眼前事情堆積如山，對還在修練的醫生來說，連要擠出一天休息都是超乎常理的事。結果他就拖著疲憊的身軀，又撐過了一年的實習。為了準備專科醫生考試，而有機會可以休假三個月的他，這才有時間好好面對自己的身體狀況。他馬上回到實習的醫院接受內視鏡檢查，並親自確認了檢查結果，是進行性胃癌。那張內視鏡照片，比起自己這幾年來所見過任何患者的照片都要來得清晰明確，彷彿就像刊登在教科書裡的圖例。那年，他三十二歲。

躺在他奉獻出人生的手術台上，外科醫生們聽見後輩外科醫生得了胃癌的消息，安排了最強的手術陣容，由他的老師，同時也是幾年來一起同甘共苦的指導教授主刀這場手術。當做好了一切的準備，他們切開他麻醉後的肚子，並立刻發出深深的絕望嘆息，癌細胞已經擴散到整個腹腔了。

如果癌細胞擴散到整個腹腔，並且到肉眼就能看清的程度，此時外科醫生就不會繼續進行手術，而會把肚子縫合起來。並不是因為不能動手術，而是一旦嚴重到這種程度，已是癌症末期，即使手術切除癌細胞，也不會提高患者在醫學上的生存機率，這種手術又名「Open & Close」（剖腹後發現腹腔擴散後關起），簡稱O&C手術。當外科醫生下了必須再度縫合肚子這個決定的瞬間，代表他意識到自己對這位患者，已經沒辦法提供任何外科角度上的幫助了。於是，這場手術雖以最短的時間簡單地結束了，卻同時令人感到絕望。

做了一輩子開腹手術的外科教授，在看到不久前仍和自己甘苦與共的學生，那絕望的腹腔之後，實在沒辦法就這樣轉身而去。血液直衝腦門的他，決定宣布進行大手術。他將肚子切開約三十多公分，把整個胃都切除，連接癌細胞尚未轉移的小腸和食道，就連大腸腸繫膜也在複雜的過程中被切除了。結束切除的過程後，他就伸手進入腹腔，開始逐一翻找癌細胞已轉移的淋巴結。這是一項極度困難又漫長的工作，手術台上已經堆積了一百多個腫脹的淋巴結了。翻了又翻，找了又找，直到再也找不到任何一個淋巴結的地步，他才清洗腹腔，並在腹腔裡裝滿了抗癌劑後才進行縫合。這是一場至少花了十小時的大手術，與其說是手術，倒不如說像是賭上生命，使出渾身解數的舉動還更為恰當吧。

手術過後的檢查顯示，教授那天所碰到的所有一切都是癌症帶來的可怕結果。原本是一名前途光明的外科醫生，也是健壯的平凡普通男性；在那天以後，則正式成為動過一場大手術的癌症末期患者。剛結束實習的他的坎坷故事，以及為了自己的學生、只能繼續進行那毫無希望手術的教授，當下那急迫的氛圍，成了醫院裡火熱傳播的話題。雖然不斷有人來探病，也受到不少鼓勵，但現在要靠他自己克服的事實在太多了。儘管手術很成功，但他的餘生仍絲毫沒有變化，只剩下六個月了。

在加護病房睜開雙眼的他，肚子上有一道超過三十公分長的疤痕。腹腔被打開至少十個小時，胃和大腸腸繫膜都被切除，藥性強烈的抗癌劑刺激了他的腹壁和裡面無數的傷口，肚子的肌肉只要一動，就會感受到極度的痛苦。但如果肚子不動的話，他就不能呼吸了，於是他唯一能做的就是無時無刻地感受痛苦，無力地倒臥在床上而已。

醫院提供治療的方法，就是在他肚子接上一條管子，每隔幾天就換一次抗癌劑。他不停地喊著痛，止痛藥的劑量也不斷增加，結果短短的幾天內，小腸和食道連接的部位就因為無法承受而破裂發炎。已經沒辦法再動手術了，他只能靠抗生素和消炎藥繼續硬撐下去。不知不覺間，肺部積滿了水，由於動彈不得，屁股也開始長褥瘡。由於術後的疼痛，再加上各種併發症，他待了超過原本預期的兩週，在醫院裡住了一個月。儘管如此，症狀並沒有好轉，體重也掉了至少十公斤。

他還有一位必須承擔這一切的妻子。她是同一間醫院的護理師，兩人剛結婚不久，有個剛出生的兒子。同是醫護人員，所以她比任何人都清楚自己丈夫正處於什麼樣的情況，但她並沒有氣餒，而是和深愛的丈夫一起面對眼前的困境。雖然要克服丈夫一夜之間變成重症病患的精神衝擊，並不是件容易的事，但當下立即就要照護丈夫，而現實層面上，也仍有許多必須面對的事等著她去做。一個多月過去了，患者由於併發症而顯得憔悴，她也因為必須承擔一切而感到精疲力竭。這段期間裡，她在網路上找到了一個胃癌患者的社團。社團裡有來自全國各地、正與胃癌搏鬥的患者們的治病日記，也有互相鼓勵的文章。從已經離世的患者的生平，到克服更嚴重疾病的病人的心路歷程，以及被診斷出癌症卻不願放棄希望的人們，都在那裡分享著自己的故事。社團裡分享了許許多多從他們眼前擦身而過、卻從不知道彼此內心世界的那些患者的故事。身為醫生，他與患者們開始進行了真正的交流，從那時開始，他才意識到自己患者身分的生活。彷彿令人不敢置信的夢境，他也開始克服併發症，在住院的第兩個月時，終於能出院了。

等待著他出院的是身為患者的人生。出院才兩週，他因為抗癌療程而不得不往返醫院。那時正是實習的同期朋友享受著久違的休假，通過專科醫生的考試、準備成為專科醫生的時候。他回想那段喘不過氣的忙碌人生、每天都與自己擦身而過的患者們、曾經治療患者的自己，以及成為氣宇軒昂的專科醫生、主刀手術的夢想。一瞬間，他的人生角色逆轉了，他變成自己所見過的患者中，病情最為嚴重的病人。比起任何人，他更清楚自己的病，這對他來說是極度絕望的一件事。由於抗癌療程的緣故，他甚至不敢再想起曾經夢想過的專科醫生考試。

不想給家人添麻煩，他帶著只剩下六個月、不知道何時走到生命盡頭的身體，把周遭的事情都整理好。為了讓疲倦的身心能舒服放鬆地休息，他住進了有著清新空氣的山中療養醫院。對一輩子都待在大學醫院的他來說，這地方就像是一個全新的世界：慢性疾病或癌症末期的患者，集聚於此並堅持著各自的人生。

在山中的醫院裡，他相當引人注目。太過年輕、日子卻沒剩多久的癌症末期患者，還曾是一名醫生。天翻地覆的人生令人難以置信，每當感到絕望之際，擁有相同疾病的人會向他走近、撫慰他的心，與他分享許多故事。他開始看見當醫生時從未認識的另外一個世界。雖然他是一名患者，但也沒忘了自己醫生的身分，於是他內心默默下定決心，找到了自己今後要做的事。

「我一定要康復起來，要不然實在無法償還這份恩惠。這些心意啊，在我剩餘的人生裡，我一定要用來幫助這些癌症病患。」

當他抱持著這樣的想法，他的身體也像是奇蹟似的，一點一滴地好轉起來。他甚至能停止服用藥物，擔任起周遭病友的醫療諮詢醫生，還透過網路社團開始為人進行諮商，不時打來的詢問電話也從不拒絕。雖然家人能理解他的想法，卻也擔心他會再次失去健康，希望他不要這麼做，可是他的回答總是始終如一：

「我這樣做，得到更大安慰的人是我啊，我只不過是在還債而已。」

被宣判的六個月時間不知不覺過去了。原本需要注射的抗癌治療效果不錯，也改成吃藥就好，當副作用減少之後，他便一手包辦了聚會上的諮詢和輔導，人們也更倚賴身為外科醫生的他。因抗癌治療而錯過的專科醫生考試，他努力準備後也順利通過了，於是在結束實習的一年後，他成為專科醫生。

他真的太開心了，即使再也無法拿起手術刀，但仍希望能以一名醫生的身分重新開始工作。帶著那不知道何時會死去的身體，他認為自己似乎找到了人生的意義。「真是幸福的一年。」他說。

隔年，他開始在自己曾住過的山中安養院當起醫生，照顧那些來看他或在網路上諮詢的癌症患者們，不過他心裡仍有另外想做的事。

他比任何人都更清楚曾經待過的大學醫院實際情況，也比任何人都還要了解患者的處境，這些理解使他更能真心體會患者們所經歷的痛苦與煩惱。大學醫院的醫生們實在過於忙碌，所以即便患者們面對的是足以改變一生的疾病，也只能聽到醫生形式上的簡單說明而已。對此，他想以另一種方式，告訴患者們現在所面臨的確切病情、他們可以做什麼樣的選擇，以及他們今後如何面臨改變的人生。不久後，他為網路上的社團成員舉辦了病友見面會。在閑靜清幽的鄉下咖啡館裡，各自準備食物一同分享，度過了愉快的時間。如果病友帶了醫院診療紀錄，他就一個個像對待家人般親切地替他們進行諮商。他一面吃著止痛劑，一面認真努力地為每一位病友說明，他在每次的病友會上都會這麼說：

「未能確切了解自己的狀況、而做出了錯誤選擇的人，比我們預想的還要多，所以我非常想要幫助這樣的朋友。等我的療程結束後，我想要開一家診所，為更多的人提供協助。」

但就在生病後第三年的某一天，他突然感到肚子痛。由於前一個月健康檢查報告上並無異常，他猜想大概是常見的腸炎吧。然而被送到急診室的他，被診斷出了敗血症，在鬼門關前徘徊了十天，住進了加護病房。醫生很快就發現他肚子裡復發的癌細胞，他又再度躺到手術台上。切除癌細胞出院後，他又過了一個多月的患者人生。他的腸子又再度堵塞，癌細胞又復發了，四個月裡做了兩次手術，最後一次因為已經無法處置，只能將肚子縫合，現在再也沒有任何能治療的方法了。

他的病情逐漸惡化，不斷嘗試的抗癌治療最終仍沒有見效，但黃疸實在太嚴重了，所以沒辦法出院。在他死前的八個月，他都一直待在醫院裡。身體躺在床上、一動也不能動的他，想著自己未完成的夢想：「我死的話，那些我照顧的患者們希望也會跟著破滅啊，必須要活下去才行，必須帶給他們希望才行啊。」但疾病與他的意志相抗，他的身體一步、一步邁向死亡，最後全身都變成了深黃色，就像他以前曾守護過的癌末患者，臨終前那樣的瘦骨嶙峋。他的家人知道他即將不久於人世，於是把年幼的兒子叫到身邊，兒子張開雙臂擁抱著爸爸。

「爸爸，一路好走，我長大以後一定會變成一個了不起的人。」

他用氣若游絲的聲音無力地回答：

「是啊……我也……想要變成一個了不起的人。」

那一天的半夜，他陷入了昏迷。在他身邊一直守護著他的妻子，一邊哽咽一邊對他留下最後一句話。

「我還沒做好心理準備，但就像你會戰勝那樣，我也能戰勝的。別擔心，走吧，別擔心我們，安心走吧……」

二〇一六年七月二十九日，凌晨三點十八分，他永遠離開這個世界了。這是他被宣告罹患胃癌後，三年又八個月之後的事。

他和我既是同一所學校一起讀書的校友，也是同一間醫院一起實習的同事。我們一起度過辛苦的學生時期，偶爾有空會一起喝酒，是互相傾吐苦水的朋友。進入醫院工作後，他是急診室電話一去，就會立即下樓看患者的外科醫生；他也是結束患者的診療工作後，能在安靜的地方互相談天的人。他是大家都喜歡的人，但在實習結束後，我們不得不各自走上自己的道路。也許原本他對我而言，不過是記憶中曾經一同度過艱苦歲月、平凡的老同事罷了。

但在聽到他發病的消息後，我了解他將會以一個不同於其他同事的方式，被我牢牢記在腦海中，他也盡力過著與許多同事完全不同的人生。我們對於每一件發生在他身上的事情，都感到相當惋惜難過。即使我們也是醫生，但卻沒有什麼方法可以幫助他，只是對於他必須面對的疾病與痛苦，能有更深刻的體會罷了。我們接二連三聽到他生病的消息，以及他即使身體抱病，卻還是一直照顧其他病人的努力，直至那令人難過的最後一刻。他再次提醒了只看著前方不停奔跑的我們，身體與青春可能變化無常地突然消失，而我們與平常接觸到的無數病患並沒有什麼不同。這樣的事實就像一根針扎入心窩，讓人感到痛心。

我在得知他離世的消息後，感到相當悲傷，但我無法評斷他的人生究竟是否倒楣不幸。雖然他壯年得病、英年早逝，但不管在什麼樣的情況下，他都能為自己找到出路，做自己想做且能做的事，並且始終持續堅持著醫生的志業，以最謙虛的姿態照顧著患者。這樣的人生，我又豈能說他被病魔打敗呢？他以一位醫生的身分活到最後，只是離開得稍微早一點的同事而已。

而我仍然待在急診室裡，為無數的患者們看診。我只是經常想起他，想著他的人生，想著現在我正照顧的這些人，或許有一天會成為我的同事，又或許我會成為其中一員病患也說不定。有時候我會突然感到擔心，面對自己的不足，是否曾因此對患者不夠真心誠意；或者認為自己不夠用心盡力時，總會憶起那真心誠意對待所有人的他。雖然他活在這世上的時間並不長，但在他短短的人生之中，他比任何人都還要活得充實，一次又一次地在我的心中復活。我與他帶著同樣的心意，未來也要繼續面對無數的患者，一天比一天活得更加熾熱發光。

ISSUE 028

精疲力竭的一天：雖然想死，但卻成為醫生的我 2
지독한 하루

作者　南宮仁 남궁인
譯者　梁如幸
責任編輯　石瓔寧
責任企畫　林進韋
美術設計　Bianco Tsai
內文排版　薛美惠
董事長　趙政岷
總編輯　胡金倫
出版者　時報文化出版企業股份有限公司
108019 台北市和平西路三段240號1-8樓
發行專線｜02-2306-6842
讀者服務專線｜0800-231-705｜02-2304-7103
讀者服務傳真｜02-2304-6858
郵撥｜1934-4724 時報文化出版公司
信箱｜10899臺北華江橋郵局第99信箱
時報悅讀網　www.readingtimes.com.tw
法律顧問　理律法律事務所｜陳長文律師、李念祖律師
印刷　勁達印刷有限公司
初版一刷　2020年4月10日
定價　新台幣350元

時報文化出版公司成立於一九七五年，並於一九九九年股票上櫃公開發行，於二〇〇八年脫離中時集團非屬旺中，以「尊重智慧與創意的文化事業」為信念。

ISBN 978-957-13-8115-2

精疲力竭的一天：雖然想死,但卻成為醫生的我. 2 / 南宮仁著；梁如幸譯. -- 初版. -- 臺北市：時報文化, 2020.04｜　面；　公分. -- (Issue；28)｜
譯自：지독한 하루｜ISBN 978-957-13-8115-2(平裝)　｜862.6｜109002218